# 宋词

## 印在心间的柔婉与风雅

战琳 著

北方文艺出版社

·哈尔滨·

图书在版编目（CIP）数据

宋词：印在心间的柔婉与风雅 / 战琳著. -- 哈尔滨：北方文艺出版社，2025.1. -- ISBN 978-7-5317-6542-4

Ⅰ.I207.23

中国国家版本馆CIP数据核字第20251SR119号

宋词：印在心间的柔婉与风雅

SONGCI YINZAI XINJIAN DE ROUWAN YU FENGYA

作　　者/战　琳
责任编辑/宋雪微　　　　　　　　装帧设计/尚书堂

出版发行/北方文艺出版社　　　　邮　编/150008
发行电话/（0451）86825533　　　经　销/新华书店
地　　址/哈尔滨市南岗区宣庆小区1号楼　　网　址/www.bfwy.com

印　　刷/北京亚吉飞数码科技有限公司　　开　本/880mm×1230mm 1/32
字　　数/210千　　　　　　　　印　张/10.25
版　　次/2025年1月第1版　　　　印　次/2025年1月第1次印刷

书　　号/ISBN 978-7-5317-6542-4　　定　价/68.00元

# 前 言

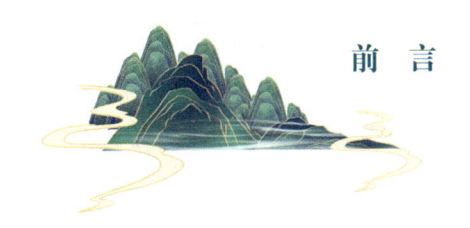

宋词,起源于民间,形成于唐,兴盛于宋,其以调填词,句子长短错落,故称长短句。较之唐诗,更便于吟唱和言情,更富于韵律美,音韵与语言的结合,使其更富意境美。是中国文学阆苑中的一株奇葩。

宋代词人最多情,一落笔,便惊艳了千年时光。

美人情思,离人愁绪,恰似范仲淹的"酒入愁肠,化作相思泪",柳永的"执手相看泪眼",欧阳修的"月上柳梢头,人约黄昏后",秦观的"两情若是久长时,又岂在朝朝暮暮",李清照的"一种相思,两处闲愁"。

咏史怀古,咏物抒怀,一如苏轼的"谈笑间,樯橹灰飞烟灭",黄庭坚的"风流犹拍古人肩",范成大的"空敝黑貂裘",陈允平的"心事寄题红",张炎的"残毡拥雪,故人心眼"。

玲珑心性,智慧哲思,是苏轼的"莫听穿林打叶声,何妨吟啸且徐行",也是周邦彦的"此时情绪此时天。无事小神仙"。

英雄失志,江山之恨,且看岳飞"怒发冲冠",且诵辛弃疾的"金戈铁马,气吞万里如虎",且吟陆游的"心在天山,身老沧洲",

1

且歌文天祥的"镜里朱颜都变尽,只有丹心难灭"。

宋代词人敏锐地感知风月、花雨、斜阳、烟柳、溪亭、霜叶、寒蝉、孤雁等物象,将才情融入万般景物,再化作笔下千回百转的词句,直抵人内心最柔软处。

宋词之美,以独特的意象营造出深远的意境,写尽人间万般情感。

本书在浩瀚词海中,精选词人40家,词作近120首,汇集成精简精致、至善至美的宋词文库,与诸君共同领略宋词独有的风雅。本书所收录的宋词,有脍炙人口的名篇,亦有表现词人心性的佳作。所选宋词内容丰富,题材广泛,结合词作详细介绍了词人的生平事迹、创作背景、情感主题、词风特色等,有助于读者全面地了解宋词,感受词风魅力。本书配以精美插图,尽可能地以笔墨勾勒出词中的意境。

在历史的长河中,宋词以其独特的艺术魅力和深厚的文化底蕴感染着后世文人。喜爱宋词的读者阅读本书,宛若与宋代词人展开了一场别开生面的时空对话,从中更通透地感悟宋词的涵雅,享受一次饱含深情的风雅之旅。

作者

2024年7月

# 目 录

## 王禹偁
点绛唇·感兴 002

## 寇准
踏莎行·春色将阑 005

## 范仲淹
渔家傲·秋思 009
苏幕遮·怀旧 011

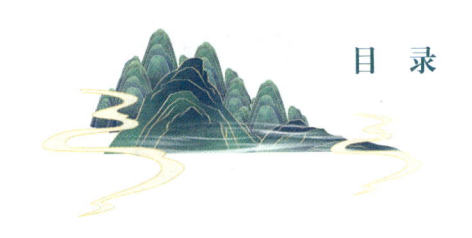

## 柳永
雨霖铃·寒蝉凄切 014
望海潮·东南形胜 016
八声甘州·对潇潇暮雨
　洒江天 019

蝶恋花·伫倚危楼风细细 021
迷神引·一叶扁舟轻帆卷 023

## 张先
青门引·春思 028
一丛花令·伤高怀远几时穷 030

## 晏殊
破阵子·春景 033
浣溪沙·一曲新词酒一杯 035
蝶恋花·槛菊愁烟兰泣露 037
玉楼春·春恨 039

## 尹洙
水调歌头·和苏子美 043

1

## 欧阳修

浪淘沙·把酒祝东风　　047
生查子·元夕　　049
玉楼春·尊前拟把归期说　　050

## 王安石

桂枝香·金陵怀古　　054

## 晏几道

临江仙·梦后楼台高锁　　059
鹧鸪天·彩袖殷勤捧玉钟　　061

## 王　观

卜算子·送鲍浩然之浙东　　065

## 苏　轼

念奴娇·赤壁怀古　　068
定风波·莫听穿林打叶声　　070
定风波·南海归赠王定国
　　侍人寓娘　　072
临江仙·送钱穆父　　075
临江仙·夜饮东坡醒复醉　　077
水调歌头·明月几时有　　080
江城子·密州出猎　　082
江城子·乙卯正月二十日
　　夜记梦　　085

浣溪沙·细雨斜风作晓寒　　087
浣溪沙·游蕲水清泉寺　　089
望江南·超然台作　　091
行香子·述怀　　093
西江月·世事一场大梦　　095
卜算子·黄州定慧院寓
　　居作　　097
蝶恋花·春景　　098
水龙吟·次韵章质夫杨
　　花词　　101

## 黄庭坚

念奴娇·断虹霁雨　　105
定风波·次高左藏使君韵　　108
清平乐·春归何处　　110

## 秦　观

浣溪沙·漠漠轻寒上小楼　　113
鹊桥仙·纤云弄巧　　115
踏莎行·郴州旅舍　　117
点绛唇·桃源　　119
望海潮·洛阳怀古　　121

## 贺　铸

青玉案·凌波不过横塘路　　125
石州慢·薄雨收寒　　127

## 周邦彦

少年游 · 并刀如水　　　　130
喜迁莺 · 梅雨霁　　　　　132
苏幕遮 · 燎沉香　　　　　133
满庭芳 · 夏日溧水无想
　　山作　　　　　　　　135
过秦楼 · 水浴清蟾　　　　138

## 惠　洪

青玉案 · 绿槐烟柳长亭路　142

## 叶梦得

水调歌头 · 秋色渐将晚　　145
点绛唇 · 绍兴乙卯登绝顶
　　小亭　　　　　　　　147

## 万俟咏

长相思 · 雨　　　　　　　150
忆秦娥 · 别情　　　　　　152

## 朱敦儒

西江月 · 世事短如春梦　　156
好事近 · 摇首出红尘　　　158

## 李清照

如梦令 · 昨夜雨疏风骤　　162
如梦令 · 常记溪亭日暮　　164
点绛唇 · 蹴罢秋千　　　　166
一剪梅 · 红藕香残玉簟秋　168
醉花阴 · 薄雾浓云愁永昼　170
武陵春 · 风住尘香花已尽　172
渔家傲 · 天接云涛连晓雾　175
摊破浣溪沙 · 病起萧萧两
　　鬓华　　　　　　　　177
声声慢 · 寻寻觅觅　　　　179
永遇乐 · 落日熔金　　　　181

## 曹　勋

饮马歌 · 边头春未到　　　185

## 岳　飞

满江红 · 怒发冲冠　　　　188
小重山 · 昨夜寒蛩不住鸣　190

## 韩元吉

霜天晓角 · 题采石蛾眉亭　194

## 陆　游

钗头凤 · 红酥手　　　　　197

| | |
|---|---|
| 谢池春·壮岁从戎 | 199 |
| 卜算子·咏梅 | 201 |
| 木兰花·立春日作 | 203 |
| 秋波媚·七月十六晚登高 | |
| 　　兴亭望长安南山 | 207 |
| 渔家傲·寄仲高 | 209 |
| 诉衷情·当年万里觅封侯 | 211 |
| 诉衷情·青衫初入九重城 | 213 |

**范成大**

| | |
|---|---|
| 水调歌头·细数十年事 | 217 |
| 忆秦娥·楼阴缺 | 219 |
| 蝶恋花·春涨一篙添水面 | 221 |

**杨万里**

| | |
|---|---|
| 昭君怨·咏荷上雨 | 225 |

**张孝祥**

| | |
|---|---|
| 水调歌头·金山观月 | 228 |

**辛弃疾**

| | |
|---|---|
| 永遇乐·京口北固亭怀古 | 232 |
| 南乡子·登京口北固亭有怀 | 234 |
| 青玉案·元夕 | 236 |
| 破阵子·为陈同甫赋壮词 | |

| | |
|---|---|
| 以寄之 | 238 |
| 西江月·夜行黄沙道中 | 240 |
| 丑奴儿·书博山道中壁 | 243 |
| 清平乐·村居 | 245 |
| 摸鱼儿·更能消几番风雨 | 247 |
| 水龙吟·登建康赏心亭 | 249 |
| 菩萨蛮·书江西造口壁 | 253 |

**姜　夔**

| | |
|---|---|
| 扬州慢·淮左名都 | 256 |
| 鹧鸪天·元夕有所梦 | 258 |
| 暗香·旧时月色 | 260 |

**史达祖**

| | |
|---|---|
| 绮罗香·咏春雨 | 266 |
| 双双燕·咏燕 | 268 |

**刘克庄**

| | |
|---|---|
| 生查子·元夕戏陈敬叟 | 272 |
| 满江红·金甲雕戈 | 274 |

**吴文英**

| | |
|---|---|
| 唐多令·惜别 | 278 |
| 风入松·听风听雨过清明 | 280 |

陈允平
　　唐多令 · 秋暮有感　　283

刘辰翁
　　柳梢青 · 春感　　287
　　忆秦娥 · 烧灯节　　289

周　密
　　闻鹊喜 · 吴山观涛　　292

文天祥
　　酹江月 · 和友驿中言别　　295
　　满江红 · 代王夫人作　　297

王沂孙
　　水龙吟 · 落叶　　301

蒋　捷
　　虞美人 · 听雨　　304
　　一剪梅 · 舟过吴江　　306
　　声声慢 · 秋声　　309

张　炎
　　清平乐 · 采芳人杳　　312
　　解连环 · 孤雁　　314

参考文献　　317

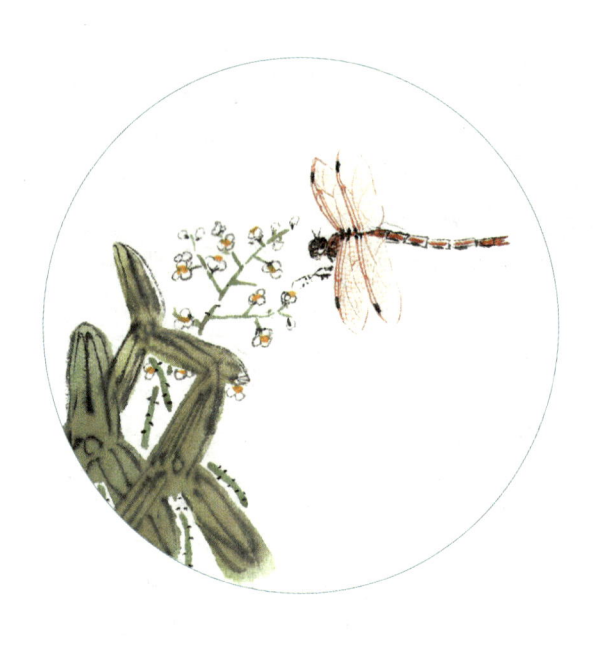

# 王禹偁

　　王禹偁（954—1001年），字元之，济州巨野（今山东巨野）人，北宋诗人、官员。王禹偁自幼饱读诗书，后一举中进士第，顺利入仕，并先后任成武县主簿、右拾遗等职。王禹偁在诗、文方面成就较高，其词存世不多，仅《点绛唇·感兴》一首。

# 点绛唇·感兴

王禹偁

雨恨云愁,江南依旧称佳丽①。水村渔市,一缕孤烟细。

天际征鸿②,遥认行如缀③。平生事,此时凝睇④,谁会⑤凭栏意?

## 注释

① 佳丽:景色绝佳之处。
② 征鸿:远飞的大雁。鸿,大雁。在宋词中,词人经常用"征鸿"这一意象来寄托情感。
③ 行如缀:大雁在天空中飞行时排成行,形成"雁阵",如同缀在一起。

④凝睇：凝神注视。

⑤会：会意，理解。

## 赏析

这首词是王禹偁传世的唯一词作，词的意境优美，寓情于景，是一首经典佳作。

词的上阕描述词人凭栏遥望的景象。细雨迷蒙，连绵不绝，引起词人无限的愁思，但雨中的江南风景依旧秀美无匹，不远处，村落、渔市分布在湖水旁，其上空飘起缕缕轻烟，四下里一派宁静美好。

词的下阕由景入情。词人登楼观景，凭栏抒怀，只见空中大雁排列成行，向远处飞去，他痴痴地凝望着大雁离去的身影，心中叹息，何时自己也能展翅高飞，痛快实现平生所愿？词人转念一想，又不禁苦笑，此时此刻自己的心愿恐怕都没有人愿意倾听、理解。

在这首词中，王禹偁借凄迷雨景抒发了自己壮志难酬、知音难觅的愁闷心情，十分具有感染力。

# 寇准

寇准（961—1023年），字平仲，华州下邽（今陕西渭南）人，北宋政治家、诗人。曾中进士，为官正直，宋真宗时官至宰相，在当时的政坛上有着较大的影响力。寇准才华横溢，工诗词，其词大多用语清新，意境空阔，充满情致。

## 踏莎行·春色将阑

寇准

春色将阑<sup>①</sup>,莺声渐老。红英<sup>②</sup>落尽青梅小。画堂人静雨蒙蒙,屏山<sup>③</sup>半掩余香袅。

密约沉沉<sup>④</sup>,离情杳杳<sup>⑤</sup>。菱花<sup>⑥</sup>尘满慵<sup>⑦</sup>将照。倚楼无语欲销魂,长空黯淡连芳草。

### 注释

① 阑:尽、晚。
② 红英:春日盛开的红花。
③ 屏山:屏风。
④ 沉沉:深沉、隐秘。
⑤ 杳杳:杳远、无边际的样子。

⑥ 菱花：指菱花镜。
⑦ 慵：慵懒的样子。

## 赏析

　　这首词是寇准的代表词作之一，作于其贬官期间。整首词意境浑然天成、情感细腻，虽以闺怨为题材，抒发的却是词人怀才不遇的郁闷心情。

　　上阕由春景烘托出一位女性伤春的形象。晚春时节，莺啼阵阵，落入女主人公耳里，却带着几分嘶哑苍老，不似初啼时悦耳动听。院子里的花树红英落尽，稀疏的青梅挂在枝头，可见时光已在不经意间悄悄流逝。厅堂里寂静无人声，屏风后，轻烟笼罩着一抹寂寥的身影。

　　下阕进一步刻画女主人公的孤寂心境，突出女主人公的离恨别愁。恋人离去后，她再也没有心情梳妆打扮，菱花镜上也落满了灰尘。她时不时登上高楼眺望远方，希望能看到恋人的身影，却又不断地失望而归，内心的孤独、寂寞与日俱增。词下阕皆是心境的体现，末句中"黯淡"一词越发突出了环境的凄清、孤寂，实现了环境与女主人公心境的统一。

　　整首词上阕写景，情景交融，下阕抒情，寄情于景，意境深远、婉转动人。

宋　王诜 《绣栊晓镜图》

# 范仲淹

范仲淹（989—1052年），字希文，祖籍邠州（今属陕西），后举家移居苏州吴县（今江苏苏州），北宋政治家、文学家。范仲淹年少时志向远大，苦读诗书，后一举中第。历任陕西经略副使、参知政事、中书令兼尚书令等职。范仲淹精通兵法，曾率兵戍守边疆。范仲淹文学成就斐然，创作的《岳阳楼记》名传千古。其词大多抒发军旅情怀，慷慨悲壮，沉挚真切，对后世词坛影响深远。

# 渔家傲·秋思

范仲淹

塞①下秋来风景异，衡阳②雁去无留意。四面边声③连角起。千嶂里，长烟落日孤城闭。

浊酒④一杯家万里，燕然⑤未勒归无计。羌管悠悠霜满地。人不寐⑥，将军白发征夫泪！

### 注释

① 塞：边塞。
② 衡阳：今湖南衡阳。
③ 边声：泛指边地上的风声、马鸣声等。
④ 浊酒：浑浊的酒水。
⑤ 燕然：燕然山，即杭爱山，位于今蒙古人民共和国境内。
⑥ 寐：睡。

## 赏析

　　范仲淹的这首词意境雄浑壮阔，情感激越悲壮，是宋词史上的经典名篇之一。

　　词的上阕描写边塞秋景。范仲淹对塞下秋景感到新奇，他举目远眺，只见塞北的大雁向着南方振翅飞去，军中的号角声响彻山谷，孤烟飘荡在四野，落日西垂，孤城关紧了城门，四下一片萧瑟、肃杀的氛围。

　　词的下阕由景入情，情景交融。上阕的"边声连角"就是在为下阕的抒情作铺垫。起句"浊酒一杯家万里"是词人的自述，他离开家乡去戍守边关，心中时刻弥漫着思乡之情，哪怕一杯浓酒也化解不了乡愁。之后的"燕然未勒归无计。羌管悠悠霜满地。人不寐，将军白发征夫泪！"四句表现了范仲淹作为军人的爱国豪情与杀敌报国的悲壮决心。

　　范仲淹的这首词作，用边塞秋天的肃杀之景衬托其内心深沉激烈的爱国情怀，情调苍凉，感人至深。

## 苏幕遮·怀旧

范仲淹

碧云天,黄叶地,秋色连波,波上寒烟翠。山映斜阳天接水,芳草无情,更在斜阳外。

黯乡魂①,追旅思②,夜夜除非,好梦留人睡。明月楼高休独倚,酒入愁肠,化作相思泪。

注释

① 黯乡魂:因思念故乡而悲伤。
② 旅思:旅居异乡的愁思。

## 赏析

这是一首怀念家乡的词作，寓情于秋色，写景秾丽恢宏，意境空阔寥远。

上阕描写秋景。词人以浓墨重彩之笔，描摹天地间的秋色，将天、地、山、水通过"斜阳"与"芳草"联系在一起，其中的"芳草"指代故乡，是词人情之所系，词人其实是在借此感叹故乡之遥远。

下阕刻画旅思。词人以"黯"字起笔，以"泪"字收尾，表达了词人因飘零异地而黯然神伤，愁思满怀。他独处于明月高楼上，苦酒入肠，心中对家乡的思念越来越浓烈。

历来思乡题材的诗词作品众多，难以见新意，但本词通篇展现出一种"芳草天涯"的独特氛围，词人不仅没有流露出颓废的情绪，反而透过离乡的愁绪表现出广阔的胸襟和高远的境界，令人耳目一新。

# 柳永

柳永（约987—约1053年），原名三变，字景庄，后改名永，字耆卿，崇安（今福建武夷山市）人。柳永才华横溢，但早年间经历坎坷，屡试不第，直到半百之年时才中进士第。柳永在仕途上屡屡碰壁，但在词坛上成绩突出。柳永一生专注于创作慢词，对慢词的发展贡献较大。其词或旖旎婉约，或悲凉凄楚，或秾丽香艳，颇受后人称赞。

# 雨霖铃·寒蝉凄切

柳永

寒蝉凄切①,对长亭②晚,骤雨初歇。都门③帐饮无绪,留恋处,兰舟催发。执手相看泪眼,竟无语凝噎④。念去去,千里烟波,暮霭沉沉楚天阔。

多情自古伤离别,更那⑤堪,冷落清秋节!今宵⑥酒醒何处?杨柳岸,晓风残月。此去经年⑦,应是良辰好景虚设。便纵有千种风情,更与何人说?

## 注释

① 凄切:凄楚、急促。
② 长亭:古时在城外路旁每隔一段距离便设置一个亭子,供行人休

息，或用作饯别之所。后来，古人常用"长亭"代指送别。
③ 都门：京都城门。此处代指北宋的首都汴京（今河南开封）。
④ 无语凝噎：难过得说不出话来。
⑤ 那：同"哪"。
⑥ 今宵：今夜。
⑦ 经年：年复一年。

## 赏析

　　这首词是柳永婉约词的代表作，以缠绵伤感、凄婉动人的风格而闻名，堪称送别词中的翘楚。

　　上阕刻画了主人公与恋人离别时的情景。"寒蝉""长亭""晚""骤雨初歇"分别点明了离别的季节、地点、时间和天气。"兰舟催发"一句中，词人用一个"催"字，表现了离别时的依依不舍。"执手相看泪眼，竟无语凝噎"二句细腻地刻画了这对有情人离别时悲伤得说不出话来的样子。"千里烟波，暮霭沉沉楚天阔"二句描述苍凉之景，反映了词人心中的悲戚与痛苦。

　　下阕是词人对别后情景的想象。词人以古人的离别之苦起笔，衬托自己的离愁别绪。他借酒消愁，酒醒后不知自己身在何方，"晓风残月"之景令他越发悲伤。自与恋人分别后，良辰美景都没有了意义，只因无人共赏，更无人倾听他郁结的心事。

　　这首词全篇多用短句，节奏和缓，长短之间参差错落，渲染出层层递进的愁情，也将恋人临别时那种恋恋不舍的情状表现得淋漓尽致。遣词造句没有过多修饰，这同样也是情至深处的体现。

## 望海潮·东南形胜

柳永

　　东南形胜①，三吴②都会，钱塘自古繁华。烟柳画桥③，风帘翠幕，参差十万人家。云树④绕堤沙。怒涛卷霜雪，天堑⑤无涯。市列珠玑，户盈罗绮，竞豪奢。

　　重湖叠巘⑥清嘉。有三秋桂子⑦，十里荷花。羌管弄晴，菱歌泛夜，嬉嬉⑧钓叟莲娃。千骑拥高牙。乘醉听箫鼓，吟赏烟霞。异日⑨图将好景，归去凤池⑩夸。

## 注释

① 形胜：地理环境优越之地。
② 三吴：古时指吴兴（今浙江吴兴）、吴郡（今江苏苏州）、会稽（今浙江绍兴）三地。
③ 画桥：妙笔画就的桥。形容桥梁之美。
④ 云树：树木高大繁盛，树冠如云。
⑤ 天堑：指钱塘江。
⑥ 叠巘：重峦叠嶂。
⑦ 桂子：指桂花。
⑧ 嬉嬉：形容开心、畅快的样子。
⑨ 异日：日后。
⑩ 凤池：凤凰池，原指皇宫中的池沼。这里代指朝廷。

## 赏析

柳永的词大多情感细腻，情致婉转，所以其被奉为宋婉约词的领军人，但这首《望海潮·东南形胜》境界开阔，行文中显现出一股豪迈的气概，是柳永词中风格不同的词。其内容更是从城市着笔，写出了钱塘江地域的富足。是我国诗歌史上不可多得的佳作。

上阕细致描述了杭州的美丽风光及繁荣景象。"东南形胜""三吴都会"等句点出杭州无比重要及优越的地理位置，同时定下全词基调。"烟柳画桥""风帘翠幕"等句烘托出杭州的繁华，以及民众住宅和生活设施的精致。接着，词人的目光转向远处的钱塘江，他被潮水排山倒海的气势所震撼，同时对岸边的风景赞叹不已。而杭州市集中车水马龙的热闹景象也令词人感叹杭州民众生活之奢华。

下阕重点描述了西湖的自然与人文风光。西湖周围重峦叠嶂，山水相映，美得让人心醉。空气中弥漫着浓浓的桂花香气，闻之令人心旷神怡。远处传来笛声、歌声，十分悦耳动听。西湖上有乘舟采莲的孩童，湖边有垂钓的老叟及围绕西湖赏景的达官贵人的马队，大家都沉浸在如此美好的氛围中，无不心情愉悦，喜笑颜开。

这首词将杭州的美景与民众生活的富庶展现得淋漓尽致，极具艺术感染力。

## 八声甘州·对潇潇暮雨洒江天

柳永

对潇潇①暮雨洒江天,一番洗清秋。渐霜风②凄紧,关河冷落,残照③当楼。是处红衰翠减,苒苒④物华休。惟有长江水,无语东流。

不忍登高临远,望故乡渺邈⑤,归思难收。叹年来踪迹,何事苦淹留⑥?想佳人、妆楼颙望,误几回、天际识归舟。争知我、倚阑干⑦处,正恁凝愁⑧。

### 注释

① 潇潇:雨声,形容雨势骤急。
② 霜风:即秋风。

③ 残照：残阳晚照。
④ 苒苒：同"冉冉"，有渐渐之意。
⑤ 渺邈：遥远、渺茫。
⑥ 淹留：滞留。
⑦ 阑干：即栏杆。
⑧ 凝愁：忧愁郁结不散。

## 赏析

  这首词气象高远，意境隽永，同样是柳永的经典词作。

  上阕描绘了一幅萧瑟秋景图。长江滚滚，暮雨潇潇，秋意浓重，天地一片寂寥。傍晚时分，雨势渐收，残阳映照在江边的高楼上。词人凝望四周，只见花叶凋残，那些美好的景色都已逝去，只剩下长江水沉默不语地向东流去。整体弥漫着一股深沉苍茫的氛围。

  下阕由写景转入抒情，进一步加深了这种氛围。"不忍登高临远，望故乡渺邈，归思难收"三句表明，词人此时登高是为了遥望远处的故乡。可故乡邈远，根本无从寻觅。一阵苦涩涌上心头，词人不禁自问道：这些年来奔波不定，究竟是为何？他想象着远在家乡的佳人，日日盼着自己归来，说不定已经多次误认孤舟。佳人心中定是充满愁怨，却不知此时他也正在倚栏眺望，深切地思念着家乡、思念着佳人。

这首词技巧娴熟，层层递进，情景交融，令人回味无穷。

## 蝶恋花·伫倚危楼风细细

柳永

伫①倚危楼②风细细，望极③春愁，黯黯④生天际。草色烟光残照里，无言谁会凭阑意。

拟把⑤疏狂图一醉，对酒当歌，强乐还无味。衣带渐宽终不悔，为伊消得⑥人憔悴。

注释

① 伫：久立。

② 危楼：高楼。

③ 望极：纵目远眺。

④ 黯黯：形容情绪低沉。

⑤ 拟把：打算。

⑥ 消得：值得。

## 赏析

　　这首词是柳永怀念意中人所作，词中所表达的情思含蓄、真挚，十分动人。

　　上阕借景写春愁。词人站在高楼上，纵目远眺，只见阴雨霏霏，云烟缭绕，落花狼藉。他触景生情，心中泛起愁思，并借春草和夕阳表达自己无人能够理解的寂寞心情。

　　下阕直抒胸臆，写词人对意中人的思念之情。词人在离愁别绪中强颜欢笑，为了消愁，打算大醉一场。

　　全词没有提到情爱二字，只在字里行间向读者透露出万千愁绪，读者直到读到最后一句，才理解词人的愁思。而"衣带渐宽终不悔，为伊消得人憔悴"一句也以其忠贞不渝的爱情观成为千古名句，传唱至今。

## 迷神引·一叶扁舟轻帆卷

柳永

一叶扁舟轻帆卷,暂泊楚江南岸。孤城暮角,引胡笳①怨。水茫茫,平沙雁,旋②惊散。烟敛③寒林簇,画屏展,天际遥山小,黛眉④浅⑤。

旧赏⑥轻抛,到此成游宦。觉客程劳,年光晚。异乡风物,忍萧索,当愁眼。帝城赊⑦,秦楼阻,旅魂乱。芳草连空阔,残照满,佳人无消息,断云远。

注释

① 胡笳:吹奏乐器名,声音悲凉。
② 旋:立马、很快。

③敛：收敛。

④黛眉：指远山。

⑤浅：颜色浅淡。

⑥旧赏：旧爱。

⑦赊：指距离遥远。

## 赏析

　　这首词是柳永在宦游途中写就，展现了他此时迷茫而又矛盾的心境，因此整首词都弥漫着一股无法排遣的愁绪，颇具感染力。

　　上阕描写江上景色。词人乘坐的小船停泊在楚江南岸，旅途劳累的他听着远处孤城中传来的阵阵角声和隐隐约约的胡笳声，心中倍感凄凉。暮霭沉沉，江水茫茫，栖息在沙滩上的大雁受惊后突然飞散，江水尽头，连绵山峰如此细小，如同美人脸上的黛眉般浅淡。这幅寂寞孤清的景象越发勾起词人的羁旅哀愁。

　　下阕词人直接抒发宦途之苦。他离开心上人，千里迢迢地赶往此处，这一路上舟车劳顿，令他苦不堪言，而异乡的凄凉景象更加重了他的忧愁。"芳草连空阔，残照满"等句是词人的叹息，残阳洒落江面、草地，他看着眼前的孤寂景象，心想自己该不是永远也回不到心心念念的京城，回不到佳人身边了吧。

柳永创作这首词的时候年近五十岁，故词中有"年光晚"之感叹，他自入仕后便宦游于京城之外，经常风尘仆仆地赶往各地，这让他身心疲惫。词的最后，词人的叹息令人不禁产生同感，从而对词人的处境产生深深的同情。

宋　佚名　《西湖春晓图》

# 张先

张先（990—1078年），字子野，乌程（今浙江湖州）人。少有才名，与欧阳修同榜进士。与欧阳修、梅尧臣、苏轼等人交好，酬唱不休。其词风格清新婉约、意韵恬淡，与柳永齐名。因其词三处善用"影"字，世人称之为"张三影"。

# 青门引·春思

张先

乍暖①还轻冷,风雨晚来方定。庭轩寂寞近清明,残花中酒②,又是去年病。

楼头画角风吹醒,入夜重门③静。那堪更被明月,隔墙送过秋千影。

**注释**

① 乍暖:天气突然转暖。
② 中酒:醉酒。
③ 重门:层层门户。

## 赏析

这首词作于清明节前,抒发了词人孤寂、抑郁的心境。

上阕描述了词人在清明节来临前借酒消愁的场景。春雨绵绵,直到傍晚时分才休歇,天气暖中带凉。庭院、走廊悄无人声,此时将近清明。词人心中伤感,于是借酒消愁。"又是去年病"一句,点明词人借酒消愁的经历并不是第一次,去年乃至前年他也是这般伤心醉酒。

下阕承接上文,描述词人醉酒睡去后又被冷风吹醒时的情景。此时已经是深夜,远处传来凄清的角声,令词人恍惚不已。他站起身来,向四周望去,只见月光冰冷,散落在庭院中,重重院门深闭,墙上印上了一抹若有若无的秋千影,这令他心中骤然一痛。"秋千影"触动了词人的情怀,也引起了读者的好奇,词人所深刻怀念的究竟是谁,令他这般沉痛抑郁、难以忘怀?

这首词是一首怀人之作,清代文人黄苏曾赞誉道:"落寞情怀,写来幽隽无匹。"

# 一丛花令·伤高怀远几时穷

张先

伤高怀远几时穷①?无物似情浓。离愁正引千丝乱,更东陌②、飞絮蒙蒙。嘶骑渐遥,征尘不断,何处认郎踪?

双鸳池沼水溶溶,南北小桡③通。梯横画阁黄昏后,又还是、斜月帘栊。沉恨细思,不如桃杏,犹解④嫁东风。

**注释**

① 穷:穷尽。
② 东陌:东边的道路。这里指分别的地方。
③ 小桡:小船。
④ 解:能。

## 赏析

这首词着重刻画一位女子对恋人的相思之情,是张先的名作。

上阕以问句开头,点明女主人公登高怀远之情。与恋人经历长久的离别后,女主人公再也忍受不了相思之苦。她时时登楼远眺,苦苦寻觅心上人的身影,或在深夜里辗转反侧,思念着远方的征人。她更时常问自己:当初你骑着马儿离去时,路上不断扬起灰尘,你的身影很快消失在我的视线里,如今,我去何处寻找你的踪迹?

下阕由景入情,表达女主人公对自身命运的沉思。"双鸳池沼水溶溶,南北小桡通"二句描述道,池水中,一对鸳鸯正在戏水,无比亲昵,时不时见到有小船驶过池面。外界越是热闹,女主人公的心情越是孤寂、郁闷。"梯横画阁黄昏后,又还是、斜月帘栊"三句点出,女主人公不再看向窗外,而是将注意力转回自己居住的小楼。黄昏之后,凄冷的月光悄悄爬上了帘布。她想起往日与心上人相聚的美妙时光,心情越发沉重。末尾"沉恨细思,不如桃杏,犹解嫁东风"三句反映了女主人公的心声——此刻她无依无靠的处境,还不如"嫁"给东风、随风而去的桃花和杏花。这三句在当时广为流传,张先也因此获得了一个"桃杏嫁东风郎中"的美称。

# 晏　殊

晏殊（991—1055年），字同叔，抚州临川县（今江西抚州）人，北宋政治家、文学家。晏殊天资聪明，十四岁时以神童之名入试，赐进士出身。历任枢密副使、御史中丞、三司使、参知政事等职。其词风格清丽、典雅，在北宋词坛上颇具影响力。

# 破阵子·春景

晏殊

燕子来时新社①,梨花落后清明。池上碧苔三四点,叶底黄鹂一两声,日长飞絮轻。

巧笑②东邻女伴,采桑径里逢迎。疑怪昨宵春梦好,元是今朝斗草③赢,笑从双脸生。

注释

① 新社:古时有春社、秋社之分,都是祭祀土地神的日子,此处的新社指春社。
② 巧笑:少女美好、灿烂的笑容。
③ 斗草:古时流行在妇女间的一种游戏,又名"斗百草"。

## 赏析

这首《破阵子·春景》意境美好、清新，洋溢着一股明丽、活泼的气息，是晏殊的代表作品之一。

上阕描绘出一派生机勃勃的春景。燕子南归时正是春社时节，梨花飘落后又迎来清明；池水清澈，青苔点缀其上；黄鹂鸟栖息在树上，偶尔鸣叫一两声，那声音无比清脆悦耳；白天变得漫长，柳絮轻盈地飞舞在天地间。

下阕词人的目光由春景转向采桑劳动的少女。少女们在采桑的小路上相遇，她们欢快地打着招呼，巧笑倩兮，美目盼兮，浑身都洋溢着青春的气息。"疑怪昨宵春梦好"一句猜测少女心情愉快的原因：难道是昨夜做了个甜蜜美好的梦才会这么开心？"元是今朝斗草赢"一句揭示了真正的原因：原来是因为今天在与伙伴玩"斗草"游戏时大获全胜。"笑从双脸生"一句进一步凸显少女的纯洁无瑕、活泼天真。

# 浣溪沙·一曲新词酒一杯

晏殊

一曲新词酒一杯①,去年天气旧亭台②。夕阳西下几时回?

无可奈何花落去,似曾相识燕归来。小园香径③独徘徊。

**注释**

① 一曲新词酒一杯:描述词人一边填写新词一边品尝美酒的情景。此句化用唐代诗人白居易《横吹曲辞·长安道》一诗中的"花枝缺处青楼开,艳歌一曲酒一杯"二句。
② 去年天气旧亭台:指还是去年的天气、旧日的亭台。化用唐末五代诗人郑谷《和知己秋日伤怀》一诗中的"流水歌声共不回,去年天气旧池台"二句。
③ 香径:开满鲜花或铺满落花的小径。

## 赏析

这首词是晏殊最负盛名、最能体现其词作风格的作品。

上阕起调略显欢快,"一曲新词酒一杯"一句令读者眼前出现这样一幅场景:某个黄昏傍晚,词人置身于一个花香四溢、幽静秀雅的庭院中,一边欣赏着轻歌曼舞,一边畅饮美酒。"去年天气旧亭台"一句令气氛沉凝了下来,词人想起去年这个时候,似乎也是这般天气、这般情景,想到此,他心中涌起一股淡淡的哀愁。"夕阳西下几时回"一句是词人的感叹:美丽的落日稍纵即逝,这世间万物都是如此,过去的时光再也不可能回来。

下阕继续抒发伤时悲春之情。词人叹息道,花儿凋落是一件无可奈何的事情,随后又振作精神道,但是归来的燕子是旧日相识。他独自徘徊在园中小径,思索着这一切,心情久久无法平静。

这首词整体情调低沉,词境委婉含蓄,给人意味无穷之感。

## 蝶恋花·槛菊愁烟兰泣露

晏殊

槛菊①愁烟兰泣露。罗幕轻寒,燕子双飞去。明月不谙②离恨苦,斜光到晓穿朱户③。

昨夜西风凋碧树。独上高楼,望尽天涯路。欲寄彩笺兼尺素④,山长水阔知何处?

注释

① 槛菊:栏杆一侧的菊花。
② 谙:知晓。
③ 朱户:高门大户。此处指闺房。
④ 彩笺兼尺素:指诗笺、书信。

## 赏析

　　这首词情致婉约,氛围独特,在当时的词坛上颇受赞誉。

　　词的上阕在写景时点明"离恨苦"的主题。秋风微寒的日子里,主人公来到庭院,只见园圃中的菊花笼罩着一层愁雾,兰花上凝结着露珠,仿佛女子哭泣时流下的眼泪。他不知在庭院中待了多久,空气变得越发寒冷,成双成对的燕子在天空中盘旋,最后又结伴离去,这场景让人倍感孤独。"明月不谙离恨苦"一句从今晨回溯到昨夜,词人回想起昨夜清冷的月辉,感叹月亮似乎不懂人间的愁苦,只是沉默地照耀着千门万户。

　　下阕写独上高楼时的场景。"昨夜西风凋碧树"一句同样是对昨夜景况的回顾,昨夜大风肆虐,因此词人独上高楼时,看到的是一片残破之景,他凝视着远处道路的尽头,心中百味杂陈。"欲寄彩笺兼尺素,山长水阔知何处"二句表明,词人虽然想给思念的人寄去书信,但山长水阔,天地茫茫,却不知道寄往何处。这二句在展现了词人迷茫、怅惘心态的同时又给人一种空阔大气、情致无限之感。

## 玉楼春·春恨

晏殊

绿杨芳草长亭路①,年少抛人容易去。楼头残梦②五更钟,花底离愁三月雨。

无情不似多情苦,一寸还成千万缕。天涯地角有穷时,只有相思无尽处。

:::注释

① 长亭路:指送别的路。
② 残梦:未做完的梦。

## 赏析

这首词的刻画对象是思妇,且以相思怀人为主线贯穿全词。

上阕首句描写离别之地芳草萋萋绿树茂盛之景,"年少抛人容易去"一句则表明,分别时两人正是青春年少之时。"楼头残梦五更钟,花底离愁三月雨"二句生动地描绘出女主人公对恋人深深的思念之情,她夜里总是辗转反侧,好不容易睡着又突然惊醒,春雨霏霏好似离人的眼泪,春雨下,那些鲜花就仿若她的心,仿佛承受不了那沉重的离愁别恨,无止境地坠落。

下阕直接描写思妇的痛苦。"无情不似多情苦,一寸还成千万缕"是思妇的自伤自叹,多情的人总比无情的人痛苦,一寸离愁在时光中化作万缕千丝。"天涯地角有穷时,只有相思无尽处。"末尾两句情致缠绵,突出思妇对心上人的相思之情连绵不尽。

这首词不事藻饰,含蕴深婉,具有特殊的艺术魅力。

宋 刘松年 《秋窗读易图》

# 尹洙

尹洙（1001—1047年），字师鲁，西京河南府（今河南洛阳）人，北宋时期的官员、散文家、词人。其词风格较豪放，对欧阳修、苏轼等人产生了一定的影响。

## 水调歌头·和苏子美

尹洙

万顷太湖①上,朝暮浸寒光。吴王去后,台榭千古锁悲凉。谁言蓬山仙子②,天与经纶才器,等闲厌名缰。敛翼下霄汉,雅意在沧浪③。

晚秋里,烟寂静,雨微凉。危亭④好景,佳树修竹绕回塘。不用移舟酌酒,自有青山绿水,掩映似潇湘⑤。莫问平生意,别有好思量。

**注释**

① 太湖:位于今江苏省南部地区。
② 蓬山仙子:古代神话传说里居住在蓬莱山上的神仙。这里指尹洙的

好友、此时隐居苏州的苏舜钦。

③ 沧浪：指苏舜钦所建造的沧浪亭。苏舜钦因遭弹劾被罢职，隐居苏州时修建一亭，名沧浪亭。

④ 危亭：指沧浪亭。

⑤ 潇湘：水名，即潇水、湘水。

## 赏析

  这首词是一首应和之作，和的是苏舜钦所作的《水调歌头·沧浪亭》一词。这首和词格调清新明快，情感真挚，在宋词中别树一帜。

  上阕以太湖之景起笔，寥寥两句刻画出了太湖的广阔、浩渺。"吴王去后，台榭千古锁悲凉"二句为怀古，词人感叹吴王夫差当年建造的亭台楼榭是何等的繁华富丽，如今也都被悲凉的氛围所笼罩，处处残破不堪。此处暗含词人的人生观、价值观：所谓的功名利禄、繁华热闹都是虚的，都会变成历史的泡沫。"谁言蓬山仙子"等句表达了词人对好友苏舜钦高洁性情的赞扬及对其官场受挫的不幸遭遇的同情。

  下阕详细描写好友隐居沧浪亭之后的逍遥闲适的生活。晚秋时节，云烟缭绕，细雨霏霏。立于高高的沧浪亭上欣赏周围的大美风景，好不快哉。只见竹林茂盛，塘水清澈，处处绿意盎然。末尾二句化用陶渊明的名句"此中有真意，欲辨已忘言"，词人感叹道，"莫问平生意"，其中的妙处你我都心知肚明。

这首词不仅抒发了词人对好友隐居生活的赞咏，同时也彰显出词人自身的出世思想，境界开阔，意味深长。

# 欧阳修

欧阳修（1007—1072年），字永叔，号醉翁，晚号六一居士，庐陵吉水（今江西吉安）人。欧阳修出身贫寒，少时读书勤奋上进，于北宋天圣八年（1030年）中进士第。其为人刚正不阿，因此屡遭贬谪，晚年归隐颍州（今安徽阜阳）。欧阳修为北宋文坛领袖，是诗文革新运动的倡导者、著名的散文家，名列"唐宋八大家"之一，还擅长作诗、作词，其词或深沉含蓄或清新自然，深深影响了后世词人的创作。

## 浪淘沙·把酒祝东风

欧阳修

把酒①祝东风,且共从容②。垂杨紫陌③洛城④东,总是当时携手处,游遍芳丛。

聚散苦匆匆,此恨无穷。今年花胜去年红,可惜明年花更好,知与谁同?

**注释**

① 把酒:端起酒杯。
② 从容:留恋、不舍。
③ 紫陌:泛指都城郊外的道路。
④ 洛城:指洛阳。

## 赏析

宋仁宗天圣年间,欧阳修在西京(今洛阳)做官。某年春日,他与友人同游洛城东,后在送别友人之际,他作下这首《浪淘沙·把酒祝东风》纪念那次出游及与友人的依依惜别之情。

上阕以宴饮起笔,这场宴饮是词人为友人所设的离别之宴。词人"把酒祝东风",祈祷东风能够停留下来,参加他们的宴饮,与他们一同游赏。"垂杨紫陌洛城东。总是当时携手处,游遍芳丛。"此三句由眼前之景转向回忆之景,词人回想起与友人曾畅游洛城东,那时候他们携手踏遍花丛,饱览春光。上阕洋溢着一种和乐融洽的氛围,展现了词人与友人亲密无间的情谊。

下阕基调转为深沉。词人叹息道,欢乐时光易逝,转眼间就到了分别的时候,离别之恨无穷无尽,让人煎熬。"今年花胜去年红,可惜明年花更好,知与谁同"三句是词人的感慨与喟叹:今年的花开得比去年更为艳丽,想来明年的花将开得更为绚烂美丽,可那时候又要和谁一起去游春呢?词人感叹人生无常、聚散不定,词意因此变得越发深刻,尤其是"可惜明年花更好,知与谁同"二句堪称绝妙,历来为人所称道。

## 生查子·元夕

欧阳修

去年元夜①时,花市灯如昼②。月上柳梢头,人约黄昏后。

今年元夜时,月与灯依旧。不见去年人,泪湿春衫袖。

注释

① 元夜:指上元节的夜晚。上元节,即元宵节。
② 昼:白天。

## 赏析

这首词描写了一个悲伤的爱情故事，该词短小简练，句句经典，意蕴无穷。

上阕描述去年元宵节时繁华、热闹的景象。元宵节时，一对恋人相约同游花市。长街上，花灯璀璨，人流如梭，热闹非凡。他们避开人群，在黄昏时分，月亮慢慢爬上柳梢时，相约见面，互诉心事，彼此都盼着这一刻能天长地久。

下阕描述今年元宵节时凄清、孤寂的景象。只见长街上依旧人声鼎沸，灯火辉煌，可那对曾经如胶似漆的恋人如今已分别，只剩下主人公一人孤寂地站在原地，"泪湿春衫袖"。

上阕和下阕所描述的不同的情景形成鲜明的对比，令人不禁发出"桃花依旧、物是人非"的喟叹。

## 玉楼春·尊前拟把归期说

欧阳修

尊①前拟把归期说，欲语春容先惨咽。人生自是有情痴，此恨不关风与月。

离歌②且莫翻新阕，一曲能教肠寸结。直须看尽洛城花，始共春风容易别。

## 注释

① 尊：同"樽"，即酒杯。
② 离歌：离别宴上所唱的送别曲。

## 赏析

这首词作于欧阳修离开西京洛阳前的离别宴上，词境孤清、悲凉，读之令人感慨不已。

词的上阕述说离别之苦。面对伤心的恋人，词人迟疑着，刚想要说个归期安慰对方，可她已经忍不住痛哭了起来。词人亦止不住地伤心，叹道"人生自是有情痴，此恨不关风与月"。此二句流传千年，表达了词人对于人生、对于人的情感的深刻的思考，充满哲理。在他看来，清风明月原本无心、无情，可落在了痴情人眼中，却都成了有情之物，此刻他与恋人之间依依不舍的情谊仿佛感染了清风明月，令清风明月都为之感动。

　　下阕中，词人收回思绪，又将目光转向离别时的情景。离歌唱得缠绵悱恻，让人愁肠百结。"直须看尽洛城花，始共春风容易别。"末尾两句，词人重振精神，和恋人说道，你我不妨迎着春风，尽兴同游，将洛阳花木都赏遍，这样离别时也变得容易一些。此二句豪放中带着悲戚、沉痛，极容易引发读者的共鸣。

# 王安石

　　王安石（1021—1086年），字介甫，号半山。抚州临川（今属江西临川）人。宋仁宗、宋神宗期间，曾历任扬州签判、鄞县（今浙江省宁波市鄞州区）知县、舒州通判、参知政事、同中书门下平章事（宰相）等职，主张变法，大力推行改革政策。王安石在散文、诗词创作上也有着突出的贡献，名列"唐宋八大家"之一。其词风格豪放，意境深远，独具魅力。

# 桂枝香·金陵怀古

王安石

登临送目①,正故国②晚秋,天气初肃。千里澄江似练,翠峰如簇。征帆去棹残阳里,背西风、酒旗斜矗③。彩舟云淡,星河④鹭起,画图难足⑤。

念往昔、繁华竞逐。叹门外楼头,悲恨相续。千古凭高对此,谩嗟⑥荣辱。六朝旧事随流水,但寒烟、衰草凝绿。至今商女,时时犹唱,《后庭》遗曲⑦。

## 注释

① 送目:纵目远眺。
② 故国:指金陵,即今江苏南京。

宋　赵佶　《五色鹦鹉图》(局部)

③ 斜矗：斜插。

④ 星河：天河。此处用来比喻长江。

⑤ 画图难足：难以用图画完美地呈现。

⑥ 谩嗟：徒然悲叹。

⑦ 《后庭》遗曲：南朝陈末代皇帝陈后主曾作《玉树后庭花》，后人将此曲视为亡国之音。

## 赏析

　　王安石二次罢相后曾退居金陵，这首词大约作于这一时期。

　　词的上阕描绘了一幅金陵美景图。词人在晚秋时节登楼远眺，只见远处江水滔滔，在夕阳下闪闪发光，宛若一条白练，两岸山峰青翠欲滴，如一束束箭般耸立。江面上，帆船来回穿梭，西风里，酒旗飒飒飞扬。舟船周围雾气缭绕，好似行驶在淡云中，白鹭好像飞舞在银河里，词人不禁感叹，眼前的这幅美景，哪怕是丹青妙笔也难以复刻。

　　下阕中，词人由眼前的景色回想起此地过往的历史。遥想当年，六朝古都金陵是何等的繁华热闹，可惜的是，六朝相继败亡，那些荣华富贵也一并消失在历史的尘埃中。词人回顾"六朝旧事"，是为了抒发对当今朝政的不满，所以在词的末尾吐露心声道"至今商女,时时犹唱,《后庭》遗曲"。此三句化用杜牧名句"商女不知亡国恨,隔江犹唱后庭花",而词中的"商女",指的既是对国家命运一概不关心的麻木的世人,更是沉溺于声色犬马的生活的当朝统治者。

　　这首词展现了王安石对现实政治的深深的担忧,对历史、现实的思考,词境深刻,引人深思。

# 晏几道

晏几道（1038—1110年），字叔原，号小山，抚州临川（今江西抚州）人，北宋著名词人。晏几道是晏殊的儿子，与其父并称"二晏"，性情刚直，一生仕途坎坷。擅作小令，其词多以男女之情为主题，风格清新雅致，颇受赞誉。

## 临江仙·梦后楼台高锁

### 晏几道

梦后楼台高锁,酒醒帘幕低垂。去年春恨却来①时。落花人独立,微雨燕双飞。

记得小蘋②初见,两重心字罗衣。琵琶弦上说相思。当时明月在,曾照彩云③归。

**注释**

① 却来:又来。却,又、再。
② 小蘋:歌女名,即小苹。蘋,通"苹"。
③ 彩云:比喻美人。此处指小苹。

## 赏析

这首词情意婉转，词调悲凉，是宋代婉约词中的精品。

上阕描写词人午夜梦回时的所见所感。词人醉酒后醒来，发现已经是深夜，四周楼台早已闭门深锁，帘幕低垂在地。起句提到的"梦后"，可能是词人真的从梦中惊醒，也可能指往日的相聚时光如梦。"去年春恨却来时"一句表现了词人此刻孤寂、落寞的心绪。"落花人独立，微雨燕双飞"二句出自五代诗人翁宏《春残》一诗，用在此处，既符合词境，也引出"春恨"的原因——词人一直在思念着一位女子，两人相聚的时光令他无比怀念。

下阕词人吐露心声，他思念的人是小蘋。小蘋与他初次见面时的衣着装扮、音容笑貌等种种细节一直回荡在词人的脑海里。小蘋羞涩，故借用琵琶乐音诉说心中的情意，或许在与词人相见前，她已芳心暗许。这些回忆温暖着词人的心。最后，回忆定格在小蘋离去的那一刻，"当时明月在，曾照彩云归"，当时的月亮是那般圆润、皎洁，在它的照耀下，小蘋飘然归去，她的身影渐渐消失在词人的视线中。末尾二句意境优美、空灵，又浸润着一股淡淡的遗憾、伤感，让读者心中亦升起怅然若失之感。

# 鹧鸪天·彩袖殷勤捧玉钟

## 晏几道

彩袖①殷勤捧玉钟②,当年拚却③醉颜红。舞低杨柳楼心月④,歌尽桃花扇⑤底风。

从别后,忆相逢,几回魂梦与君同。今宵剩把银釭⑥照,犹恐相逢是梦中。

## 注释

① 彩袖:代指歌女。
② 玉钟:玉制的酒杯。
③ 拚却:甘愿。
④ 楼心月:指明月正对小楼窗户。形容舞蹈曼妙。
⑤ 桃花扇:轻歌曼舞时所用的团扇。
⑥ 银釭:银制的灯台。此处代指灯。

## 赏析

这首词深情唯美，婉转动人，是晏几道的代表作之一。

上阕是对往日时光的回忆，描写酒宴上歌舞尽兴、开怀畅饮的相聚时光。"彩袖殷勤捧玉钟，当年拚却醉颜红"二句写词人遥想当年，在身着彩衣的美人的殷勤劝酒下，不断豪饮，直至酣醉，只为红颜一笑。"舞低杨柳楼心月，歌尽桃花扇底风"二句意境美妙，乃千古名句。美人轻歌曼舞，为他助兴，那美妙的舞姿、歌声一直鲜活地留存在他的记忆里，永不褪色。

下阕描写重逢时的惊喜心情。"从别后，忆相逢，几回魂梦与君同。"此三句表达了词人与美人分别后浓烈的相思之情。"今宵剩把银釭照，犹恐相逢是梦中。"末尾二句中，词人说道，他与美人久别重逢，他一手执灯，细细打量对方，只怀疑这是一场美梦，却不敢相信自己一直在思念的人此刻真的出现在眼前。

宋　王诜 《飞阁延风图》

# 王观

王观（生卒年不详），字通叟，如皋（今江苏如皋）人。早年才名远扬，曾作《扬州赋》，受到宋神宗的赞誉。擅长作词，其词构思新颖，语言工丽，风格与柳永相近，同时与秦观并称"二观"。

# 卜算子·送鲍浩然①之浙东

王观

水是眼波横②,山是眉峰聚。欲问行人去那边?眉眼盈盈③处。

才始④送春归,又送君归去。若到江南赶上春,千万和春住。

**注释**

① 鲍浩然:词人的好友。
② 眼波横:眼波流转如横流的水波。
③ 盈盈:指女子美好的神态。此处用来赞美山水的秀丽、美妙。
④ 才始:刚刚。

## 赏析

这是一首构思精巧、清新脱俗的送别词,在宋代词坛上别树一帜。

上阕起笔与众不同,"水是眼波横,山是眉峰聚"二句似乎是在描述家中妻子思念出门在外的游子时眼波流转、眉头深蹙的模样。"欲问行人去那边"承接上句,似乎是在替读者询问:游子行色匆匆,风尘仆仆,是赶往何处呢?末尾一句给出答案,饶有趣味:我要赶回那"眉眼盈盈"的家乡。"眉眼盈盈"似乎是在形容家中妻子的温柔与美好,又似乎形容家乡山水的灵秀、美丽,读之令人神往不已。

下阕点明离别主题。词人叹息道,才刚刚迎接温暖和煦的春天的归来,又要送你返回家乡,这令我倍感忧伤。当你回到家乡时,恰好这烂漫春光还未离去,千万要把它留住。其实,词人是在叮嘱朋友,当你回到爱人身边的时候,一定不要辜负那幸福的瞬间,以后也要珍惜你们相聚的美好时光。

# 苏轼

苏轼（1037—1101年），字子瞻，一字和仲，号东坡居士。眉州眉山（今四川眉山）人，北宋文学家、书画家、官员。宋仁宗嘉祐二年（1057年）中进士第，元丰年间因卷入"乌台诗案"，被贬黄州。宋哲宗即位后被召回，授予兵部尚书、礼部尚书等官职。晚年时被贬惠州、儋州，后病逝于常州。苏轼一生坎坷，善于苦中作乐，创作了许多名传千古的诗、词和文章。尤其是他的词作，豪放激昂，感情充沛，篇篇精彩，冠古绝今。

## 念奴娇·赤壁[1]怀古

苏轼

大江东去,浪淘[2]尽,千古风流人物[3]。故垒西边,人道是,三国周郎[4]赤壁。乱石穿空,惊涛拍岸,卷起千堆雪。江山如画,一时多少豪杰。

遥想公瑾当年,小乔[5]初嫁了,雄姿英发[6]。羽扇纶巾,谈笑间,樯橹[7]灰飞烟灭。故国神游,多情应笑我,早生华发。人生如梦,一尊还酹[8]江月。

**注释**

[1] 赤壁:位于今湖北黄冈城西一带,靠近长江。史书中的"赤壁之战"指的并不是此词中提到的赤壁矶,而是位于今湖北赤壁市一带

的赤壁山。

② 淘：冲刷、冲洗。

③ 千古风流人物：历史上优秀、卓越的人物。

④ 周郎：汉末名将周瑜。

⑤ 小乔：周瑜的妻子，东汉末年声名远扬的美人。

⑥ 雄姿英发：赞扬周瑜丰神俊秀、见识不凡。

⑦ 樯橹：指曹军的战船。

⑧ 酹：以酒洒地以示祭奠。

## 赏析

苏轼因"乌台诗案"被贬黄州期间，曾四处游山玩水，在山水中排遣愤郁的心情。有一日他畅游黄州城外的赤壁矶，感慨丛生，遂作此词。

词的上阕描述了赤壁矶的壮美风光，同时追昔抚今。"大江东去，浪淘尽，千古风流人物"三句雄浑壮阔、慷慨激昂，读来仿佛历史的滚滚硝烟扑面而来。"故垒西边，人道是，三国周郎赤壁"三句是词人对著名的赤壁之战的追忆。"乱石穿空，惊涛拍岸，卷起千堆雪"三句中，词人将注意力转向眼前之景，只见江边乱石陡峭，滚滚江水不断冲击着江岸，卷起的浪花像极了千堆寒雪。望着这幅壮丽的风光，词人不禁感叹，江山如画，一时多少豪杰。

下阕着重刻画东吴名将周瑜的英伟形象。想当年周瑜气宇轩昂，年轻有为，智谋无双，谈笑间，大败曹军于赤壁。词人兴致勃勃地谈论着周瑜，一联想到现实，情绪却顿时低落下来。如今的自己，两鬓已生出不少白发，可济世报国的梦想却迟迟无法实现，这让他愤懑不平，黯然神伤。末尾两句，词人的心境变得平和，他安慰自己，人生短暂如梦，与其自怨自艾，倒不如尽情欣赏这江月美景，再向这万古长存的明月献上一杯美酒。

这首词气象磅礴，格调雄浑，意境开阔，堪称苏轼最经典的作品之一。

## 定风波·莫听穿林打叶声

苏轼

三月七日[①]沙湖道中遇雨。雨具先去，同行皆狼狈，余独不觉。已而遂晴，故作此。

莫听穿林打叶声，何妨吟啸[②]且徐行[③]。竹杖芒鞋[④]轻胜马，谁怕？一蓑烟雨任平生。

料峭春风吹酒醒，微冷，山头斜照却相迎。回首向来萧瑟⑤处，归去，也无风雨也无晴。

### 注释

① 三月七日：即宋神宗元丰五年（1082年）三月七日。
② 吟啸：吟咏、啸叫。
③ 徐行：缓慢前行。
④ 芒鞋：草鞋。
⑤ 萧瑟：风吹雨落之声。

### 赏析

公元1079年，苏轼因"乌台诗案"被贬，这首词大约作于苏轼被贬三年后。

上阕描写了词人冒雨独行的潇洒姿态。首句即点明词人对风雨的态度,以呼应词序中的"同行皆狼狈"而"余独不觉"。竹杖、芒鞋虽然简陋,却也轻便,彰显词人"无官一身轻"的闲适,因而才有了无所谓天晴与风雨的泰然与洒脱。

下阕抒发了词人独特的人生观。"山头斜照却相迎"一句借用写实的手法,表达词人对人生有失亦有所得的感悟,当词人蓦然回首,归隐之意便油然而生。不被外物所束缚,不执着于个人得失,这种超脱凡人的人生态度令读者钦佩不已。

词人全篇都在写风雨,但又不独写风雨,风雨的声音、风雨的寒冷,皆为词人自身经历和独特思想的写照与表达,既代表了词人曾经经历的挫折,也代表了词人眼中的江湖与人生,在芸芸众生的狼狈之中,词人洒脱独行,活出了超然于物外的人生境界。

## 定风波·南海归赠王定国[①]侍人寓娘[②]

苏轼

王定国歌儿曰柔奴[③],姓宇文氏,眉目娟丽,善应对,家世住京师。定国南迁归,余问柔:"广南风土,应是不好?"柔对曰:"此心安处,便是吾乡。"因为缀词云。

常羡人间琢玉郎，天应乞与点酥娘。尽道清歌传皓齿，风起，雪飞炎海④变清凉。

万里归来颜愈少，微笑，笑时犹带岭梅香。试问⑤岭南应不好，却道：此心安处是吾乡。

## 注释

① 王定国：北宋诗人、画家王巩，苏轼的朋友。
② 寓娘：王巩的侍者、歌姬。
③ 柔奴：即寓娘。
④ 炎海：比喻炎热。
⑤ 试问：试探着提问。

## 赏析

这首词刻画了一位品质高洁、清新脱俗的佳人形象，在苏轼的词作中占据独特的地位。

词序中介绍道，苏轼的好友王巩有一位歌姬，名柔奴，面容清丽，谈吐不俗。后王巩因受"乌台诗案"牵连，被贬岭南，柔奴自愿陪同王巩前往岭南。后王巩北归，携柔奴与苏轼相聚，席间，苏轼问柔奴，是否适应岭南的风土人情，柔奴道："此心安处，便是吾乡。"这让苏轼大受触动，当即作此词抒发感慨。

上阕描写柔奴的外在形象。她明眸皓齿，天生丽质，每当唱起歌来，那美妙的歌声似乎能浇灭暑热，让周围世界变得清凉、宁静。

下阕着重刻画柔奴高洁的品质、丰富的精神世界。柔奴陪王巩在岭南苦熬，归来后却容颜不变，甚至更显年轻，她的笑容仿若岭梅一般美好，芳香沁人。面对苏轼的疑问，柔奴温柔却不失坚定地答道："此心安处是吾乡。"眼前的佳人乐观、坚强，甘于寂寞，不禁让苏轼心生钦佩。

苏轼对于柔奴的赞美与肯定也恰恰反映了他自己的处世哲学——面对困境安之若素，面对挫折不屈不挠，永远乐观向上。

# 临江仙·送钱穆父[①]

苏轼

一别都门[②]三改火，天涯踏尽红尘。依然一笑作春温。无波真古井[③]，有节是秋筠。

惆怅孤帆连夜发，送行淡月微云。尊前不用翠眉颦[④]。人生如逆旅，我亦是行人[⑤]。

## 注释

[①] 钱穆父：即钱勰，字穆父，苏轼的朋友。
[②] 都门：指汴京。
[③] 古井：枯井，比喻内心宁静无波，不受外物侵扰。
[④] 颦：蹙眉。
[⑤] 行人：旅人、远行者。

> 赏析

　　这是一首送别词，表达了苏轼与友人钱勰的深厚情谊。

　　上阕描写苏轼与友人久别重逢的场景。一别经年，虽天涯红尘踏尽，但故交仍保持着当初高洁如竹的操守，令词人感到钦佩和欣慰。其中的"春温"一词，是词人内心感受的直观写照，老友相见，彼此的笑容都如春天般和煦温暖。而"古井"，则借指友人的坚贞。

　　下阕描写苏轼送别好友时的情景。两人在月夜下离别，彼此都十分伤感。"淡月微云"一词凸显出环境的幽冷及词人此刻凄清的心境，这既是其对离别的真情流露，也是对人生逆旅的感怀。词人宽慰友人说，人生就是充满了离别，包括我，也是这世上的行人之一。

　　这首词情感真挚，意蕴隽永，充满哲思，是一首经典之作。

# 临江仙·夜饮东坡醒复醉

苏轼

夜饮东坡①醒复醉,归来仿佛三更。家童鼻息已雷鸣。敲门都不应,倚杖听江声。

长恨此身非我有,何时忘却营营②?夜阑风静縠纹③平。小舟从此逝,江海寄余生。

### 注释

① 东坡:在黄州。苏轼曾居住于此,其"东坡居士"的号即来源于此。
② 营营:形容为名利奔走、钻营的生活状态。
③ 縠纹:比喻水波细纹。

## 赏析

  这首词作于苏轼被贬黄州后,展现了苏轼身处逆境却泰然处之、不骄不躁、宠辱不惊的人生态度。

  上阕重在叙事。词人在东坡雪堂大醉后醒来,发现已是深夜。他沐浴着月光,恍恍惚惚地返回临皋寓所。屋内家童早已进入甜蜜的梦乡,词人隔门听见了如雷的鼾声。试着敲门,却没有得到回应,他不急不恼,反而凝神细听起滔滔江水声。

  下阕重在抒情。"长恨此身非我有,何时忘却营营"二句颇富哲理,蕴含着词人独特的人生观。在词人看来,他的前途、命运是不由自己控制的,他自小盼着能建功立业、一展抱负,谁料在仕途上屡屡碰壁,最后落得个被贬黄州的结局,这让他内心十分愤懑。然而,当心情平复下来后,他又不禁自问:"何时能远离这蝇营狗苟的生活?何时能彻底抛却名利?"如今,面对着这滔滔逝去的江水,他的心越来越平静,甚至幻想自己能驾着一叶扁舟,在江海中度过余生。末尾二句带着几分浪漫主义色彩,令读者也不禁心生向往。

明 仇英 《赤壁图》（局部）

## 水调歌头·明月几时有

苏轼

丙辰①中秋，欢饮达旦，大醉，作此篇，兼怀子由②。

明月几时有？把③酒问青天。不知天上宫阙④，今夕是何年。我欲乘风归去，又恐琼楼玉宇⑤，高处不胜寒。起舞弄清影，何似⑥在人间。

转朱阁，低绮户，照无眠。不应有恨，何事长向别时圆？人有悲欢离合，月有阴晴圆缺，此事古难全。但愿人长久，千里共婵娟⑦。

**注释**

① 丙辰：指宋神宗熙宁九年（1076年）。

② 子由：即苏轼的弟弟苏辙。

③ 把：执，端。

④ 天上宫阙：指月宫。古人认为月亮上有一座宫殿，有仙人居住其中。

⑤ 琼楼玉宇：指月宫。

⑥ 何似：哪里比得上。

⑦ 婵娟：形容姿态美好的样子。古人常用"婵娟"一词来比喻美人。这里代指月亮。

## 赏析

宋神宗熙宁九年（1076年），苏轼在密州（今山东省诸城市）任职。这一年的中秋夜，他在密州超然台饮酒赏月，有感而发，作下这首经典的作品。

上阕以一个新奇的问句开篇，词人举杯问苍穹，如何才能知道月亮运行的规律呢？不知在月宫里，今夕是何年。清凉的夜风、香醇的美酒助长了他的浪漫幻想，令他想要随着这清风扶摇直上，去月宫里当面询问仙人，一解心中疑惑。但又害怕自己这凡俗躯体经受不住月宫的寒冷。"起舞弄清影，何似在人间。"末尾两句展露了词人对于人间的眷恋与热爱，月宫虽美，却高寒无比，哪里比得上人间的鲜活热闹、富有生机呢？

下阕抒发了词人对于亲人尤其胞弟苏辙的浓浓的思念之情。月光流转于朱阁绮户间，照耀在无数尚未入眠的人身上。中秋夜原本是团圆夜，可多少亲人、爱人天各一方，无法团聚。词人望着明月，不由想起分别已久的弟弟及其他亲人，心中骤然隐痛。可转念一想，"人有悲欢离合，月有阴晴圆缺"，这在世间原本就是常事，毕竟人生难以求全。想通后，心境豁然开朗，他真切期望天底下的人们都能喜乐安康，亲人、爱人间哪怕远隔千里、万里，只要共同沐浴着这美好的月光，也如同相聚时一样幸福。

这首词想象丰富，意境空灵悠远，充满哲思，历来为人所津津乐道。直至如今，人们仍奉这首词为咏叹中秋的词坛绝唱。

## 江城子·密州出猎

苏轼

老夫①聊发少年狂，左牵黄②，右擎苍，锦帽貂裘，千骑③卷平冈。为报倾城④随太守，亲射虎，看孙郎⑤。

酒酣胸胆尚开张,鬓微霜,又何妨?持节⑥云中,何日遣冯唐⑦?会挽雕弓如满月,西北望,射天狼⑧。

### 注释

① 老夫:苏轼的自称。
② 左牵黄:左手牵着黄狗。同下句"右擎苍"一样,化用《梁书·张充传》中张充游猎时"左手臂鹰,右手牵狗"的典故。
③ 千骑:形容骑马游猎的人数之多。
④ 倾城:指全城。
⑤ 孙郎:指孙权。此处的孙郎指的是词人自己。
⑥ 节:符节,古代使臣传达命令、调兵遣将的凭证。
⑦ 冯唐:西汉大臣。《汉书·冯唐传》中记载道,大臣冯唐曾向汉文帝进谏,劝告汉文帝赦免先前严惩的云中太守魏尚,因魏尚曾立下累累战功。汉文帝虚心纳谏,派冯唐前往云中赦免魏尚。此处以"冯唐持节赦免魏尚"的典故,表达词人无比渴望得到当权者的信任与重视。
⑧ 天狼:星名,古人认为天狼星象征着侵略、掠夺。此处代指破坏大宋边境和平的入侵者。

## 赏析

苏轼曾出任密州太守，这首词正作于这一期间。

上阕用激昂的笔调描绘了一幅场面宏阔、激动人心的出猎图。词人戴锦帽、着貂裘，左手牵着黄犬、右臂擎着苍鹰，骑着马儿越过山岗。身边的随从也都作此打扮，随他一起纵马过山岗。千骑疾驰如风，卷起一阵尘沙，那场面无比壮观，全城的人都来瞻仰这位太守的风采。词人豪气顿生，决定要一展身手，以回馈全城民众的盛意。末尾一句中的"孙郎"指孙权，据说孙权曾在镇江射杀猛虎。词人以孙权自喻，更显豪迈之情。

下阕中，词人趁着酒兴，抒发了自己的豪情壮志。如今他虽已人过中年、两鬓染霜，但依旧豪情不减当年。他仍如年轻时一样，梦想着有朝一日能得到明主的赏识与重用，从而大展抱负、大施才华，甚至幻想着能策马驰骋于战场，为保大宋太平贡献自己的一份力量。

这首词气势雄浑，铿锵有力，展现了词人年逾长、志越坚的豪放情态，极具艺术感染力。

# 江城子·乙卯①正月二十日夜记梦

苏轼

十年生死两茫茫。不思量②,自难忘。千里孤坟③,无处话凄凉。纵使相逢应不识,尘满面,鬓如霜。

夜来幽梦忽还乡。小轩窗,正梳妆。相顾④无言,惟有泪千行。料得年年肠断处,明月夜,短松冈⑤。

**注释**

① 乙卯:指宋神宗熙宁八年(1075年)。
② 思量:思念。
③ 孤坟:苏轼妻子王氏之墓。
④ 顾:看。
⑤ 短松冈:指苏轼亡妻所葬之地。

## 赏析

这首悼亡词作于苏轼任密州太守期间，词中洋溢着沉重悲痛的情感，读来令人伤感不已。

上阕起笔三句直接抒发苏轼对于亡妻的思念之情。"十年生死两茫茫"一句点明词人妻子逝去多年。岁月匆匆，但词人的丧妻之痛和对过去美好生活的怀念未曾随着岁月流逝而消减，反而越来越深。词人的亡妻葬在四川眉州，而词人此时身处密州，两地相隔千里之远，无法诉说心中的凄凉。"纵使相逢应不识，尘满面，鬓如霜"三句极为沉痛，此时的词人形容憔悴，双鬓染霜，早已不复当年意气风发的模样，他苦笑道，哪怕得以与亡妻一见，恐怕妻子也认不出他了。

下阕描绘了一场朦胧"幽梦"。某日夜里，词人突然梦到了亡妻。当时她正坐在窗前梳妆打扮。猛然看见佳人身影，词人又惊又喜。妻子回头，她的面容依旧是当年模样。望着那双含情脉脉的眼睛，苏轼心里一酸，不禁流下泪来。妻子亦默默流下眼泪。二人凝视彼此，一切尽在不言中。末尾三句从梦境回到现实，苏轼叹息道，想必妻子每年到了此刻，也会为他们的离别而肝肠寸断。

这首词情感真挚，催人泪下，被很多人奉为"千古第一悼亡词"。

## 浣溪沙·细雨斜风作晓寒

苏轼

元丰七年十二月二十四日,从泗州刘倩叔①游南山。

细雨斜风作晓寒,淡烟疏柳媚晴滩。入淮清洛②渐漫漫。

雪沫乳花③浮午盏,蓼茸蒿笋④试春盘。人间有味是清欢。

**注释**

① 刘倩叔:生平不详,苏轼的友人。
② 清洛:水名,即洛涧(今安徽洛河)。

③雪沫乳花：煎茶时茶水中白色泡沫上浮的样子。
④蓼茸蒿笋：即嫩蓼芽、莴笋一类的蔬菜。

## 赏析

　　这首词作于宋神宗元丰七年（1084年）十二月二十四日，记录了苏轼与友人刘倩叔同游南山的经历。

　　上阕用清新、细腻的笔触描绘南山风景。清晨时分，天空中飘着点点细雨，词人与友人游览于山道上，冒着寒意细细观赏风景。慢慢地，雨停风驻，太阳从云层中现身，将光芒洒向大地。山中烟云散淡，远处河滩上疏柳沐浴着阳光，这幅景象令词人赏心悦目。"入淮清洛渐漫漫"是说原本清澈的洛涧汇入淮河，和淮河融为一体后，便再也分不清清浊。此句看似是景色描写，实则寓意深刻，似乎包含着词人对于出世、入世的思考，遗世独立可保持清醒、清澈，融入众生则变得复杂、浑浊。

　　下阕彰显了词人独特的人生观。"雪沫乳花浮午盏"一句写的是饮茶之乐，"蓼茸蒿笋试春盘"写的是初试春盘之乐，此二句对仗工整，凸显出了词人品茶尝鲜时的愉悦心情，亦令读者心生向往。词末，词人感叹道"人间有味是清欢"。在他看来，沉醉于沿途美景、认真品尝鲜茶美食、怀着一颗宁静淡泊的心，享受生活中微小的幸福，认真地过好当下，便是人生的真谛。

## 浣溪沙·游蕲水清泉寺

苏轼

游蕲水①清泉寺②,寺临兰溪,溪水西流。

山下兰芽③短浸溪,松间沙路净无泥,萧萧暮雨子规啼。

谁道人生无再少④?门前流水尚能西,休将白发唱黄鸡。

> **注释**

① 蕲水:地名,今湖北浠水县。
② 清泉寺:寺名,位于蕲水县城外。

③兰芽：兰草的嫩芽。
④再少：重新返回青春岁月。

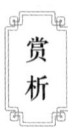

## 赏析

苏轼因"乌台诗案"被贬后，于蕲水清泉寺游历时随笔作下此词。

上阕中，词人以自己游历途中的所见所闻起笔，寥寥数语勾勒出一幅简素的山水画面。山下溪水清澈，汩汩流淌，岸边兰草刚发出嫩芽，松下沙路柔软洁净，傍晚时分，细雨霏霏，寺外传来杜鹃啼声。这里的景色无比优美、充满生机，令词人赏心悦目。这其实是普通人眼中再寻常不过的景致，但在词人看来是那样美丽脱俗、纤尘不染。

下阕抒发词人的感慨。词人自问自答道：谁说人不能回归少年？我的心可以遵从自己的安排，不会随着容颜一同老去！

这首词虽为苏轼被贬后的失意境遇下所作，却通篇流露出词人自信、乐观的人生态度，令人赞叹不已。

# 望江南·超然台作

苏轼

春未老,风细柳斜斜。试上超然台①上看,半壕②春水一城花。烟雨暗千家。

寒食③后,酒醒却咨嗟④。休对故人思故国⑤,且将新火⑥试新茶。诗酒趁年华。

## 注释

① 超然台:位于密州(今山东诸城)北城上。
② 壕:护城河。
③ 寒食:指寒食节。
④ 咨嗟:慨叹。
⑤ 故国:故乡。

⑥ 新火：唐宋时，清明前一天要禁火。节后重新使用火种点燃的火，称为"新火"。

## 赏析

这首词是苏轼登台眺望春日景象时触动乡思所作。

上阕描述暮春时节的郊外美景。词人登台远眺，将满城烟雨风光尽收眼底。此处词人看到的景色有两个层次，第一层景色即"半壕春水一城花"，描述花开满城、春波荡漾的明亮之景，第二层景色即"烟雨暗千家"，描述烟雨蒙蒙笼罩万家的暗淡之景，两层景色在色彩上形成鲜明对比，更加传神。

下阕刻画乡思、乡愁。"寒食后，酒醒却咨嗟。"词人"咨嗟"的原因在于，寒食过后即清明，这本是回乡扫墓的时间，词人却只能烹茶自娱以解闷。此时的他，无比思念家乡、亲人，却因于现实，所以感叹不已。"且将新火试新茶。诗酒趁年华"二句笔调一转，词人强打精神，劝慰自己不要沉溺于消沉情绪中，不妨点上新火来烹煮一杯香茗。人生啊，就该诗酒趁年华，及时行乐、享受当下才不算辜负这春光。

# 行香子·述怀

苏轼

清夜无尘①,月色如银。酒斟时、须满十分。浮名浮利,虚苦②劳神。叹隙中驹,石中火,梦中身。

虽抱文章③,开口谁亲④。且陶陶⑤、乐尽天真。几时归去,作个闲人。对一张琴,一壶酒,一溪云。

**注释**

① 尘:细小的灰尘。
② 虚苦:徒劳地奔波。
③ 文章:指才华。
④ 开口谁亲:又能对谁说呢?
⑤ 陶陶:无忧无虑的样子。

## 赏析

苏轼在这首词作中表现出强烈的归隐愿望,感染力十足。

上阕主要刻画环境。一尘不染的月夜里,词人畅饮美酒,独自展开畅想。"浮名浮利,虚苦劳神"二句中,以博学雄辩著称的词人透过抒情来引出思辨的内容,揭露出人生如梦的主题,明确指出人生若只顾追求功名利禄就无法得到真正的幸福。其中,"隙中驹""石中火""梦中身"都在感慨人生短暂,须臾即逝。

下阕中,词人用"虽抱文章"却无从施展来表露心迹:只是因为不被重用,没有知音,所以才想借现实中的欢乐忘记烦恼。可见词人并非一心追求归隐,而是受迫于怀才不遇与被排挤的现实,才有了从现实困扰中解脱、摆脱虚名浮利的愿望。

苏轼并非一个历史虚无主义者。纵观全篇,可以看到苏轼为官做人的追求,既不是为了追求虚名,也不是为了享受归隐田园、独善其身的自在,词人有自己的政治抱负,可以说,他最大的愿望是能够像张良那样得明主赏识,从而大展才华并功成身退。

## 西江月·世事一场大梦

苏轼

世事一场大梦①,人生几度秋凉?夜来风叶②已鸣廊,看取眉头鬓上。

酒贱③常愁客少,月明多被云妨。中秋谁与共孤光,把盏④凄然北望。

### 注释

① 世事一场大梦:《庄子·齐物论》有载:"且有大觉,而后知此其大梦也。"
② 风叶:风吹树叶之声。
③ 贱:指酒水品质不好。
④ 盏:酒杯。

## 赏析

本词作的创作背景不详，可能作于苏轼被贬儋州或黄州之时。

上阕描述词人对人生如梦的感伤之情。开篇即笼罩着一种衰飒萧条的氛围，词人直接抒发对于"世事""人生"的悲观感受，认为其如"一场大梦"般虚无。"秋凉"既涉及时间，表示人生已过中年，也展露情绪，表现了词人历尽沧桑后复杂的心境。

下阕描述词人在异乡赏月的处境和凄凉心绪。词人用"酒贱""客少"和"月明"被"云妨"来表明自己的境遇，中秋找不到对饮的知己，只能把盏北望。关于"北望"，有不同的说法，有说是北望京城，也有说是望向兄弟。

全篇以秋之悲凉，抒写人生之悲凉，表达了词人在经受各种打击与政治迫害之后的隐忍与无奈。

# 卜算子·黄州定慧院①寓居作

苏轼

缺月挂疏桐,漏断②人初静。谁见幽人独往来?缥缈孤鸿影。

惊起却回头,有恨无人省③。拣尽寒枝不肯栖,寂寞沙洲冷。

注释

① 定慧院:位于黄州(今湖北黄冈)境内。
② 漏断:古人以漏壶盛水的方式计时,漏断指漏壶中的水滴尽,此处指深夜。
③ 省:懂得,理解。

**赏析**

苏轼曾因"乌台诗案"被贬黄州。到达黄州后,苏轼住在黄州定慧院,此词便作于这一时期。

上阕描写深夜之景。"缺月挂疏桐,漏断人初静"二句意境绝妙,宛如生动的画境。接下来,词人用"幽""独""孤"等字眼,勾绘出夜深时凄冷幽静的氛围,引人遐想。

下阕描述词人孤独的处境、凄楚的心境。"惊起却回头,有恨无人省"二句表达了词人难觅知音的孤独与氐惆。"拣尽寒枝不肯栖"一句是借良禽择木而栖的比喻,来表达自己目无下尘、孤高自许、不愿同流合污的心境。

纵观全篇,词人运笔空灵,意境高妙,所以此词能为后世名家所称赞,千古流传。

## 蝶恋花·春景

苏轼

花褪①残红青杏小。燕子飞时,绿水人家绕。枝上柳绵②吹又少,天涯何处无芳草!

墙里秋千墙外道。墙外行人,墙里佳人笑。笑渐不闻声渐悄③,多情却被无情恼④。

## 注释

① 褪:褪色、枯萎。
② 柳绵:指柳絮。
③ 渐悄:声音渐渐变小,直至消失。
④ 恼:引起烦恼。

## 赏析

与苏轼一贯的豪放词风不同,这首词清新秀丽,婉约含蓄,令人耳目一新。

上阕描述了一幅生机勃勃的春景。花儿残红褪尽,树梢头长满青杏。燕子自在飞舞,绿水环绕村舍,潺潺流动。风中的柳絮越来越少。前四句见景而不见情,直到最后一句才流露出词人的态度:"天涯何处无芳草",这也揭露了这首词的主题。

下阕写墙外行人对墙内佳人的爱慕之情。随着佳人的声音渐渐淡出,词人以一种未能得到纾解的哀怨,表达出自己未能如愿与佳人相见的伤感。

这首词风韵柔婉,意境优美朦胧,词中的主人公眷恋佳人,相思而不得,但所谓多情者,往往不得自在,词人用春天易逝来表达对爱情易逝的惋惜之情,发出"天涯何处无芳草"的感叹,堪称意蕴无穷,耐人寻味。

# 水龙吟·次韵章质夫①杨花词

苏轼

似花还似非花,也无人惜从教②坠。抛家傍路,思③量却是,无情有思。萦④损柔肠,困酣娇眼,欲开还闭。梦随风万里,寻郎去处,又还被、莺呼起⑤。

不恨此花飞尽,恨西园、落红难缀⑥。晓来雨过,遗踪何在?一池萍碎。春色三分,二分尘土,一分流水⑦。细看来不是杨花,点点是离人泪。

### 注释

① 章质夫:即章楶,字质夫,北宋名将,苏轼的友人。
② 从教:任凭。

③ 思:情思。

④ 萦:萦绕。

⑤ 梦随风万里,寻郎去处,又还被、莺呼起:化用唐代诗人金昌绪《春怨》中的诗句"打起黄莺儿,莫教枝上啼。啼时惊妾梦,不得到辽西。"

⑥ 缀:连缀。

⑦ 春色三分,二分尘土,一分流水:化用宋初词人叶清臣《贺圣朝·留别》一词中的"三分春色二分愁,更一分风雨"二句。

## 赏析

　　这首词创作于苏轼谪居黄州期间,词风幽怨缠绵,饱含离愁。

　　上阕从花的境遇着笔,写花愁,实际刻画的却是思妇的离愁。其中,"梦随风万里,寻郎去处,又还被、莺呼起"三句,采用拟人手法,将花写成梦里的人,可谓巧妙贴切,灵动飞扬。

　　下阕看似写花尽后的春色,实则写离别,表达词人自身的心境。"细看来不是杨花,点点是离人泪"两句在当时的词坛上引来一片赞誉,被奉为神来之笔。

　　总体来说,这是一篇声韵婉转、耐人寻味的词作,词人用语细腻,轻灵飞动,堪称不可多得的佳作。词人从景物写到思妇,又从景色写到离愁,动静相宜,层层递进,情景交融,给人以余味无穷之感。

宋　赵昌　《写生蛱蝶图》

# 黄庭坚

　　黄庭坚（1045—1105年），字鲁直，自号山谷道人，晚号涪翁，洪州分宁（今江西修水）人。生于诗书之家，宋英宗治平四年（1067年）高中进士，先后任叶县尉、秘书丞兼国史编修官、太平州知州等职。黄庭坚是苏轼门下弟子，与张耒、晁补之、秦观并称"苏门四学士"。同时他又是"江西诗派"的开山之祖。其词往往用语奇峭，风格豪放，意象丰富，在两宋词坛上具有深远的影响力。

# 念奴娇·断虹霁雨

黄庭坚

八月十七日,同诸生步自永安①城楼,过张宽夫②园待月。偶有名酒,因以金荷③酌众客。客有孙彦立,善吹笛。援笔作乐府长短句,文不加点④。

断虹霁雨,净秋空,山染修眉新绿。桂影扶疏,谁便道,今夕清辉不足?万里青天,姮娥⑤何处,驾此一轮玉。寒光零乱,为谁偏照醽醁⑥?

年少从我追游,晚凉幽径,绕张园⑦森木。共倒金荷,家万里,难得尊前相属。老子⑧平生,江南江北,最爱临风笛。孙郎⑨微笑,坐来声喷霜竹。

## 注释

① 永安：指白帝城，位于今重庆市奉节县。
② 张宽夫：黄庭坚好友。
③ 金荷：指名贵的酒杯。
④ 文不加点：文如泉涌，不需修改，一挥而就。
⑤ 姮娥：即嫦娥。
⑥ 醽醁：指甘醇美酒。
⑦ 张园：张宽夫的庭园。
⑧ 老子：老夫，黄庭坚自称。
⑨ 孙郎：即词序中提到的孙彦立。

## 赏析

这首词情感激越，意境壮阔，是黄庭坚的经典名作。

词序中介绍道，宋哲宗元符二年（1099年）八月十七日，黄庭坚与诸位同伴从永安城楼出发，前往张宽夫园中赏月。当时张宽夫备好名酒，用贵重的酒杯盛酒招待众客。其中有一位客人叫孙彦立，擅长吹笛。黄庭坚置身于众人中，心怀激越，当场提笔作下此词。

上阕重点写景。"断虹霁雨，净秋空，山染修眉新绿"三句描写雨后之景。雨后天晴，天空像是被水洗过一般，高远、明净。词人抬头远眺，只见一道彩虹悬挂在天边，极为美丽，远处山峰挺立，绿意葱葱。"桂影扶疏，谁便道"二句描写月景。圆月中的阴影像极葱茏的桂树，引人遐思，月光皎洁，倾泻于天地间，词人沐浴着月光，兴致高涨，连问道"今夕清辉不足？""姮娥何处，驾此一轮玉。""为谁偏照醽醁？"其中，"姮娥驾驶玉轮"的幻想令人眼前一亮，让人不禁感叹词人的奇思妙想。

下阕描写众人游园、听笛之乐。诸生都围绕在词人身边，兴致勃勃地与他探讨诗文要义。词人与众人畅饮美酒，心中充满豪情。"老子平生，江南江北，最爱临风笛"三句将全词推向高潮，词人豪迈地说道，老夫走过大江南北，漂泊半生，最爱临风听笛。人群中，擅长吹笛的孙彦立听到这句话不由微笑，他坐下吹笛，那悠扬的笛声长久地回荡在园林中，令人陶醉。

整体而言，这首词想象奇瑰，风格独特，展现了黄庭坚豪迈、旷达的人生态度。

## 定风波·次高左藏①使君韵

黄庭坚

万里黔中②一漏天,屋居终日似乘船。及至重阳天也霁,催醉,鬼门关③外蜀江前。

莫笑老翁犹气岸,君看,几人黄菊④上华颠?戏马台⑤南追两谢,驰射,风流犹拍古人肩。

注释

① 高左藏:黄庭坚的朋友。
② 黔中:黔州,位于今重庆市彭水县。
③ 鬼门关:石门关,位于今重庆市奉节县。
④ 黄菊:古代有在重阳节簪菊花的风俗。
⑤ 戏马台:西楚霸王项羽所建。位于今江苏徐州市。

## 赏析

黄庭坚曾官场遇挫,被贬黔州,这首词正作于这一时期。

上阕以黔州恶劣的气候条件起笔。秋日的黔州整日阴雨绵绵,词人被困于屋中,感觉自己好像生活在一艘霉烂、破旧的船上。直到重阳节时,雨水才渐渐收拢,阳光冲破云层,笼罩在大地上。词人顿觉神清气爽。"催醉,鬼门关外蜀江前"二句颇具气势,词人豪醉于鬼门关外、滔滔蜀江前,展现了他不惧逆境、苦中作乐的坚毅品质和旷达心态。

下阕重点描述词人欢度重阳的场景。词人将黄色菊花插在斑白鬓边,饮酒作诗、驰马射箭,不亦乐乎。其豪迈气概满溢在字里行间,令人钦佩不已。

黄庭坚身居偏远、条件恶劣的黔州,纵然现状堪忧、前途未卜,却始终保持着乐观、积极的心态,永远充满激情、对生活怀有希望,他这种宽广博大的胸怀值得所有人学习。

## 清平乐·春归何处

黄庭坚

春归何处?寂寞无行路①。若有人知春去处,唤取归来同住。

春无踪迹谁知?除非问取黄鹂。百啭无人能解,因风②飞过蔷薇。

注释

① 无行路:没有留下行路的踪迹。
② 因风:顺着风势。

**赏析**

这首词构思精妙，展现了词人对灿烂春景的珍视、喜爱及依依不舍之情。

上阕以一个问句起笔。春天将归往何处？这是词人的喃喃自问，表达了词人对即将逝去的春天的无限留恋与伤感之情。"若有人知春去处，唤取归来同住"二句表达了词人内心深处的渴望，若这世上有人知道春天的去处，能否将它唤回，令它长留人间？

下阕依旧延续"寻春"的主题。有谁知道春天的踪迹？词人问向树上的黄鹂。黄鹂叽叽喳喳，似乎在回答词人的问题，又似乎只是自顾自地唱着歌儿。词人听着悦耳动听的黄鹂叫声，呆呆出神。突然，黄鹂张开翅膀，趁着风势，飞过一片盛开的蔷薇。全词至此戛然而止，给人以回味无穷之感。

# 秦观

秦观（1049—1100年），字太虚，后改字少游，号淮海居士，高邮（今江苏高邮）人，北宋官员、词人。秦观曾随苏轼学习，因诗词才华得到赏识，在苏轼的推荐下担任太学博士，后多次被贬，逝世于藤州（今广西藤县）。秦观是北宋婉约派的重要词人，其词清新淡雅，韵律和谐优美，著有《淮海词》《劝善录》《逆旅集》等。

## 浣溪沙·漠漠轻寒上小楼

秦观

漠漠轻寒①上小楼,晓阴②无赖似穷秋③。淡烟流水画屏幽。

自在飞花轻似梦,无边丝雨细如愁。宝帘④闲挂小银钩。

**注释**

① 轻寒:微寒。
② 晓阴:晨起时天气阴沉。
③ 穷秋:晚秋。
④ 宝帘:即缀满珠宝的、华丽的帘子。

## 赏析

这首词融情入景,柔美空灵,自有一种含蓄、朦胧的艺术氛围,是"婉约词宗"秦观的代表词作之一。

上阕描述词人晨起时的所见所感。春末清晨,薄薄寒意笼罩着词人居住的小楼,窗外天气阴沉,像极了晚秋。画屏上水墨氤氲,朦朦胧胧看不清楚。无论是"淡""流"抑或是"幽"字,都衬托出室内清幽寂静的氛围。

下阕词境越发幽渺、迷蒙。飞花飘落,似是梦中场景,细雨绵绵,如同人的愁思,纷乱复杂,漫无边际。"宝帘闲挂小银钩"一句描述的似乎是词人再次醒来所看到的场景。只见窗前垂挂着一袭华丽的帘幕,屋内寂静无比,孤独感再次如潮水般涌上词人的心头。

这首词通篇弥漫着一股说不清道不明的愁思,充满诗情画意,让人印象深刻。

# 鹊桥仙·纤云弄巧

秦观

纤云弄巧①,飞星②传恨,银汉③迢迢暗度。金风玉露一相逢,便胜却人间无数。

柔情似水,佳期④如梦,忍顾鹊桥归路。两情若是久长时,又岂在朝朝暮暮。

:::注释:::

① 纤云弄巧:暗指七夕节,即乞巧节。
② 飞星:指牵牛星和织女星。
③ 银汉:银河。
④ 佳期:传说中牛郎织女相会的日子,即七月七日七夕节时。

## 赏析

这首词用语清新、雅致，情感细腻、真挚，表达了词人对美好、坚贞的爱情的赞颂与向往。

上阕开头三句化用《古诗十九首·迢迢牵牛星》中的"迢迢牵牛星，皎皎河汉女"，用典贴切，词意更深一层。"传恨""迢迢"等都突出一对有情人无法相聚的痛苦。"金风玉露一相逢，便胜却人间无数"二句化用李商隐的名句"由来碧落银河畔，可要金风玉露时"。李商隐原诗弥漫着一种苦闷、悲伤的氛围，而秦观所化用的两句则有着完全不同的感情基调，"便胜却人间无数"一句给人以积极美好之感，彰显出词人独特的爱情观，他认为纵使分离使人难过，但相聚那一刻的幸福远远大过离别时的痛苦。

下阕中，词人继续阐发自己对于爱情的独特看法。恋人间柔情似水，相聚的日子仿佛一个甜蜜的梦，每年，当他们踏上相聚的鹊桥，就好像踏上了归途，每向前一步，心中的幸福便增加一分。"两情若是久长时，又岂在朝朝暮暮"二句为千古名句，在词人看来，一份真挚的爱情一定能经得起时间、距离的考验，哪怕天各一方也能守住心中的爱意，永不动摇、永不变心。这种恋爱观在古代别具一格，十分珍贵。

# 踏莎行·郴州①旅舍

秦观

雾失楼台,月迷津渡②,桃源③望断无寻处。可堪孤馆闭春寒,杜鹃声里斜阳暮。

驿寄梅花④,鱼传尺素⑤,砌成此恨无重数。郴江幸自⑥绕郴山,为谁流下潇湘⑦去?

## 注释

① 郴州:今属湖南。宋哲宗绍圣四年(1097年),秦观被贬郴州。
② 津渡:渡口。
③ 桃源:指陶渊明《桃花源记》中的桃花源,比喻远离纷争、安宁美好之地。
④ 驿寄梅花:《荆州记》中记载道,南朝陆凯与范晔是一对友人,陆

凯身居江南时，曾折梅一枝，寄给身居长安的范晔，并赠诗一首："折花逢驿使，寄与陇头人。江南无所有，聊赠一枝春。"此处词人借用"驿寄梅花"的典故来表示自己收到了远方朋友的关心与问候。

⑤ 鱼传尺素：在古代有传递书信之意。此处表明词人收到了远方朋友的来信。

⑥ 幸自：本来。

⑦ 潇湘：指湖南当地的潇水和湘水。

## 赏析

这首词作于秦观贬居郴州旅舍期间，全词意境凄迷朦胧，展现了秦观遭遇人生逆境时凄楚、迷茫的心态。

上阕描绘出一幅春寒料峭之景。大雾弥漫，吞没了亭台楼榭，朦胧的月光及雾气遮掩了视线，令词人难以辨认渡口，更寻觅不到心中的桃花源。"可堪孤馆闭春寒，杜鹃声音斜阳暮"二句中，词境越发凄冷、幽渺，读者眼前仿佛出现了这样一幅场景：沉沉暮色中，词人衣衫单薄，独立窗前，久久凝视着远处，寒风送来杜鹃鸟的悲啼声，令他眉头深锁。

下阕先是连写两个典故，表明此时身处偏远旅舍的词人收到了远方友人的书信，信中满是关怀之语。朋友的关心与问候纵然能让词人得到莫大的安慰，可同时也勾引起他对往日生活的回忆。回忆越是美好，就越发显得现今的生活无比艰难困苦。每当他从回忆中醒来，心中的苦痛骤然升起，几乎要吞没自己。"郴江幸自绕郴山，为谁流下潇湘去"两句中，词人无奈地问道：郴江原本紧紧围绕着郴山流转，可又为什么无情地舍弃郴山，反而向着潇水、湘水流去？此二句意蕴复杂，曾受到苏东坡的赞誉："少游已矣，虽万人何赎！"

## 点绛唇·桃源

秦观

醉漾轻舟，信流①引到花深处。尘缘相误，无计②花间住。

烟水茫茫，千里斜阳暮。山无数，乱红③如雨。不记来时路。

## 注释

① 信流：任小船在水中漂流。
② 无计：没有办法。
③ 乱红：落花。

## 赏析

秦观一度仕途不顺，遭遇诸多政治打击，心情无比苦闷，这首词正创作于这一时期。此词抒发了秦观对现实的不满和对心目中理想世界的向往。

词开篇描述词人醉后乘坐小船随水漂流的场景。"花深处"表面上指水中的荷花，实则指词人心目中的桃花源。"尘缘相误，无计花间住。"上阕末尾二句表达了词人心中的遗憾：他无法摒绝凡尘俗物，所以无法在这美好浪漫、充满花香的世界中长住。

下阕重在写景，以凄迷的景色彰显词人此刻孤独、痛苦的心情。正是日落时分，斜阳萧瑟，烟水凄迷。词人冒着春寒归家，路两旁青山耸立、连绵不绝，落花纷飞如雨，他突然忘了来时路，茫然站在原地，不知该往何处走。"不记来时路"一句耐人寻味，其实也在指词人政治理想破灭后不知该往何处走的现实处境。

## 望海潮·洛阳怀古

秦观

梅英①疏淡，冰澌溶泄②，东风暗换年华③。金谷④俊游⑤，铜驼⑥巷陌，新晴细履⑦平沙。长记误⑧随车。正絮翻蝶舞，芳思⑨交加。柳下桃蹊，乱分春色到人家。

西园⑩夜饮鸣笳。有华灯碍月，飞盖妨花。兰苑未空，行人渐老，重来是事⑪堪嗟！烟暝酒旗斜。但倚楼极目，时见栖鸦。无奈归心，暗随流水到天涯。

## 注释

① 梅英：梅花。
② 冰澌溶泄：冰融化流动。
③ 东风暗换年华：形容岁月流转。
④ 金谷：金谷园，位于河南洛阳。
⑤ 俊游：游伴，同游的好友。
⑥ 铜驼：地名，洛阳的铜驼街。
⑦ 细履：缓步行走。
⑧ 误：错误。
⑨ 芳思：杂乱的情思。
⑩ 西园：泛指园林。
⑪ 是事：事事。

## 赏析

　　秦观以"怀古"为主题，写下这首伤春、怀旧的词作。
　　上阕描述春景。"梅英疏淡"既是写初春景物，亦在暗喻自然、时局之变。"金谷俊游，铜驼巷陌，新晴细履平沙"三句中，词人展开从前旧游时的回忆，词风轻快，从"芳思交加"之语可以看出洋溢在词人心中的欢乐。整体而言，词上阕以代表时局变化的"东风暗换年华"写起，给之后的美好回忆蒙上一层阴影，暗示旧时的欢乐一去不返。

下阕描述当年宴饮的欢乐。词人将昔日宴饮时热闹繁华的景象，与如今凄凉、孤寂的现状进行对比，给人留下深刻的印象，令人不禁感慨人世沧桑、物是人非。末尾"无奈归心，暗随流水到天涯"二句表露了词人的归思。此时秦观经历了诸多浮沉、变故，内心早已疲惫不堪，也隐隐生出离开名利场的心思。

整首词前后情绪对比鲜明，情感深沉真挚，意蕴含蓄，在秦观的词作中占据着独特的地位。

# 贺铸

贺铸（1052—1125年），字方回，人称贺梅子，自号庆湖遗老，北宋词人。为人豪爽精悍，喜欢谈论天下事，有侠客之风。贺铸博闻强记，才华出众，他的诗文、词作，既有声情激壮、慷慨豪纵的英气，又有真挚凄婉的浓情，兼具豪放、婉约二派之长，对后世文人有较大影响。

## 青玉案·凌波不过横塘路

贺铸

凌波①不过横塘路,但目送、芳尘去。锦瑟华年②谁与度?月桥花院,琐窗朱户,只有春知处。

飞云冉冉蘅皋③暮,彩笔④新题断肠句。试问闲愁都几许?一川⑤烟草,满城风絮,梅子黄时雨。

注释

① 凌波:形容女子步行时姿态轻盈、优美的样子。
② 锦瑟华年:指灿烂美好的青春年华。
③ 蘅皋:长有香草的水边高地。
④ 彩笔:比喻出众的写作才华。
⑤ 一川:一片,遍地。

## 赏析

　　这首词立意新颖，风格清丽典雅，在当时的词坛上广受好评。

　　上阕描绘词人偶遇佳人时的情景。"凌波""芳尘"化用曹植《洛神赋》中的名句："凌波微步，罗袜生尘。"佳人渐行渐远，词人只能痴痴"目送"，心中不由升起一丝怅惘。他喃喃自问道：佳人与谁共度美好岁月？"月桥花院，琐窗朱户，只有春知处"三句是词人的想象，陪着佳人的，除了"月桥花院""琐窗朱户"，还有寂寞的春景。

　　下阕重点描绘"闲愁"。黄昏时分，天边飞云流动，长有香草的水边高地笼罩在一片苍茫的暮色中。词人笔锋一转，提到自己心中的愁苦，写就令人伤心断肠的词句："彩笔新题断肠句"。"试问闲愁都几许？"一句"闲愁"对应"断肠句"。词人发问：你可知道我心中的闲愁别绪有多少？"一川烟草，满城风絮，梅子黄时雨"三句做出了解答：我心中愁思不断，像那一望无垠的烟草、纷纷扬扬的飞絮，又像梅子黄时连绵不断的阴雨。这三句形象贴切，极具艺术感染力，在当时颇受赞誉，而贺铸也由此获得"贺梅子"的雅称。

## 石州慢·薄雨收寒

贺铸

薄雨①收寒,斜照弄晴,春意空阔。长亭柳色才黄,远客一枝先折。烟横水际,映带几点归鸿,平沙消尽龙荒②雪。犹记出关来,恰如今时节。

将发。画楼芳酒,红泪清歌,顿成轻别。回首经年,杳杳音尘都绝。欲知方寸③,共有几许新愁?芭蕉不展丁香结④。枉望断天涯,两厌厌风月。

> **注释**

① 薄雨:细雨,小雨。
② 龙荒:指漠北。

③方寸：比喻心间。

④芭蕉不展丁香结：出自李商隐《代赠二首·其一》一诗中的名句："芭蕉不展丁香结，同向春风各自愁。"

## 赏析

　　这首词词风沉郁，结构精妙，是贺铸的经典作品之一。

　　上阕描述春景。小雨初停，斜阳晚照，温暖、湿润的春风吹散了阵阵寒意。长亭旁的柳树长出嫩黄的新芽，不知哪位送别的人曾在此处折柳送远行的故人。河水静静流淌，河面烟雾缭绕，归鸿掠过，在河面上留下点点黑影。塞北大漠上，残雪已完全消融。上阕末尾两句是词人的追忆：犹记得当年出关时，也是这样的时节。

　　下阕承接上阕，描述词人当年与佳人离别时的场景。当年出发漠北前，佳人为词人设宴送别，她流着眼泪，清歌一曲，无限哀怨。如今已过去多年，那场景虽历历在目，但佳人已音信全无。在怀念佳人的日子里，词人终日愁眉紧锁，心痛难安。"芭蕉不展丁香结。枉望断天涯，两厌厌风月"三句表明，词人和佳人虽天各一方，却都深深地思念着彼此，愁情无限。

# 周邦彦

周邦彦（1056—1121年），字美成，号清真居士，钱塘（今浙江杭州）人，北宋文学家、音乐家，婉约词之集大成者。周邦彦自幼博学多才，个性疏懒，不拘礼节。因献《汴都赋》获得宋神宗赏识，升任太学正。宋哲宗、宋徽宗时先后任校书郎、大晟府提举等职。周邦彦擅音律，好作新词调，作品格律严谨，语言清雅，主题以闺情、羁旅为主，被婉约词人推为"正宗"。

## 少年游·并刀如水

周邦彦

并刀①如水,吴盐②胜雪,纤手破新橙。锦幄③初温,兽烟④不断,相对坐调笙。

低声问:向谁行宿?城上已三更。马滑霜浓,不如休去,直是⑤少人行!

### 注释

① 并刀:并州(今山西太原一带)出产的刀。
② 吴盐:吴地所产的盐。
③ 锦幄:指华丽的帷幕。
④ 兽烟:兽形香炉里升起的袅袅香烟。
⑤ 直是:正是。

## 赏析

这首词描述男女相会时情意缠绵的场景,是最能体现周邦彦词风的作品之一。

上阕"并刀如水,吴盐胜雪,纤手破新橙"三句展现了四个特写镜头:锋利的刀、洁白的盐、纤纤十指、圆润水灵的黄橙,极具艺术美感,令读者脑海里情不自禁地展开联想。"锦幄初温,兽烟不断,相对坐调笙"三句烘托出一种温情脉脉、和谐静谧的氛围。帷帐低垂,兽形香炉里升起袅袅轻烟,女子和恋人相对而坐,她眉眼低垂,吹起银笙,男子听得入迷,沉浸在那动人的乐声中。

下阕采用女子的口吻,展现了其对恋人的浓情蜜意。女子低声问恋人:今晚你去哪儿安歇?城楼上已敲过三更鼓。街道上凝结着寒霜,无比湿滑,不如别走了,这会儿哪有人寒夜独行?这番言论将女子温柔体贴的性格特征展现得淋漓尽致。

周邦彦的这首词刻画的虽是男女之情,却立意高雅,不落俗套。

## 喜迁莺·梅雨霁

周邦彦

梅雨霁①,暑风和。高柳乱蝉多。小园台榭远池波。鱼戏动新荷②。

薄纱厨③,轻羽扇。枕冷簟④凉深院。此时情绪此时天。无事小神仙。

注释

① 霁:指雨停歇。
② 新荷:初生的荷花。
③ 纱厨:隔蚊的纱帐。
④ 簟:指凉席。

## 赏析

这首词描绘了梅雨季节后清新明媚的初夏风光,洋溢着一种悠闲、愉快的氛围,在周邦彦的词作中较为特别。

上阕写景。雨后初晴,暑风习习,柳树上响起声声蝉鸣。小榭廊下的池塘泛起圈圈涟漪,原来是鱼儿在水下来回游荡、嬉戏,惹得新生的荷花、荷叶微微摇动。

下阕描写词人此刻悠闲的生活状态。纱帐后,词人正躺在凉席上乘凉。他一边轻摇羽扇,一边听着蝉鸣昏昏欲睡。这种生活无比悠闲快乐,像天上无事可做的小神仙一样。

这首词表达了周邦彦对闲散的生活方式的追求及对生活中无数美好瞬间的珍惜。

## 苏幕遮·燎沉香

周邦彦

燎沉香①,消溽暑。鸟雀呼晴,侵晓②窥檐语。叶上初阳③干宿雨④,水面清圆,一一风荷举。

故乡遥，何日去？家住吴门⑤，久作长安⑥旅。五月渔郎相忆否？小楫轻舟，梦入芙蓉浦⑦。

## 注释

① 沉香：名贵的香木。
② 侵晓：拂晓。
③ 初阳：初升的太阳。
④ 宿雨：昨夜下的雨。
⑤ 吴门：泛指今江浙一带。周邦彦是浙江钱塘人，故自称"家住吴门"。
⑥ 长安：借指汴京（今河南开封）。
⑦ 浦：水湾。

## 赏析

这首词用语清丽，情调婉转，是周邦彦最负盛名的作品之一。

上阕勾勒出一幅清新脱俗的夏日晨景图。词人点燃沉香,消除闷热潮湿的暑气。鸟雀在檐下叽叽喳喳,仿佛在欢庆雨后新晴。初升的太阳慢慢变得炙热,逐渐蒸干了宿雨。水面波光粼粼,片片圆润碧绿的荷叶摇曳在微风中,远远望去,秀美无比。"水面清圆,一一风荷举"为经典名句,历来颇受赞誉。

下阕由景入情,抒发词人对故乡的思念。此时的词人久居汴京,心中始终萦绕着浓烈的思乡之情,乃至常常梦到家乡的山水美景。梦中的他,划着小船飘荡在碧波上,穿行于荷叶间,是如此轻松畅快。末尾"小楫轻舟,梦入芙蓉浦"二句亦虚亦实,给人以无限的联想。

## 满庭芳·夏日溧水无想山[①]作

周邦彦

风老莺雏[②],雨肥[③]梅子,午阴嘉树[④]清圆[⑤]。地卑[⑥]山近,衣润费[⑦]炉烟。人静乌鸢自乐,小桥外、新绿溅溅。凭阑久,黄芦苦竹,拟泛九江船。

年年，如社燕，飘流瀚海⑧，来寄修椽。且莫思身外⑨，长近尊前。憔悴江南倦客，不堪听、急管繁弦⑩。歌筵畔，先安簟⑪枕，容我醉时眠。

## 注释

① 无想山：山名，位于溧水县（今江苏省南京市溧水区）东南方向。
② 风老莺雏：春日和煦暖风里，幼莺渐渐长大。
③ 肥：滋润。
④ 嘉树：树的美称。
⑤ 清圆：清晰圆正。
⑥ 地卑：地势低洼。
⑦ 费：耗费。
⑧ 瀚海：广阔的沙漠。
⑨ 身外：古人以功名利禄为身外物。
⑩ 急管繁弦：指许多乐器一起演奏时的情景，此处形容乐声繁复、激越。
⑪ 簟：竹席。

## 赏析

宋哲宗元祐八年（1093年），周邦彦被委派为溧水县令，在任期间，他曾游历溧水无想山并作下此词。

上阕首先描述春末夏初时的景致，词人用"风老"指代晚春，极其生动，而"风老""莺雏"的反差，则蕴含着"春归人老"的意味。之后，词人分别描述了当地的气候及人们的生活状态。"地卑山近，衣润费炉烟"二句令人联想到唐代诗人白居易《琵琶行》一诗中的名句"住近湓江地低湿"。词人此时的处境与白居易当年被贬江州时的处境相似，不禁产生沦落天涯之感。

下阕中，词人抒发了自己的愁闷情绪。"年年，如社燕，飘流瀚海，来寄修椽。"词人以不断迁徙于南北之间的燕子比拟自己这些年来宦游四地的飘零状态。接着，词人表达了想要忘却功名利禄、归隐山林的意愿，而这一切终又不能如愿，只好让愁绪蔓延，借酒入梦暂求消解。

这首词用语精妙，婉转含蓄，通篇笼罩着一股淡淡的愁绪，令人回味无穷。

## 过秦楼·水浴清蟾

周邦彦

水浴清蟾①,叶喧凉吹,巷陌马声初断。闲依露井②,笑扑③流萤,惹破画罗轻扇。人静夜久凭阑,愁不归眠,立残更箭④。叹年华一瞬,人今千里,梦沉书远。

空见说、鬓怯琼梳⑤,容消金镜,渐懒趁时匀染。梅风地溽⑥,虹雨⑦苔滋,一架舞红⑧都变。谁信无聊为伊,才减江淹⑨,情伤荀倩⑩。但明河影下,还看稀星数点。

## 注释

① 清蟾：明月。
② 露井：没有井盖的井。
③ 扑：扑捉。
④ 立残更箭：一直站到很晚。更箭是指古代计时装置中指示时间的箭头。
⑤ 琼梳：华丽的发梳。
⑥ 溽：潮湿。
⑦ 虹雨：夏初的雨。
⑧ 舞红：指落花。
⑨ 才减江淹：才尽的江淹。
⑩ 情伤荀倩：殉情而亡的荀粲。荀粲，三国时期曹魏大臣，其在妻子去世时伤心过度，殉情而亡。

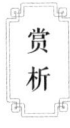

## 赏析

这首词音调谐美，用典生动贴切，在当时的词坛上颇受赞誉。上阕描述词人深夜凭栏的所见所感。"水浴清蟾，叶喧凉吹，巷陌马声初断"三句刻画清冷的环境。"闲依露井，笑扑流萤，惹破画罗轻扇"三句则是对过往欢乐场景的回忆。"人静夜久凭阑，愁不归眠，立残更箭"三句则又回到现实，词人不由感叹韶华易逝，如今佳人远在千里之外，连梦见她都是一件奢侈的事。上阕中，实景、想象、回忆、现实等种种意象交叠，令人浮想联翩，可见布局谋篇的巧妙。

下阕写一对有情人对彼此的思念之情。"空见说、鬓怯琼梳，容消金镜，渐懒趁时匀染"四句描述了佳人因日夜思念情郎而寝食难安，憔悴不堪。"梅风地溽，虹雨苔滋，一架舞红都变"三句既是在写季节变化，同时也突出了词人内心的愁闷情绪。"才减江淹，情伤荀倩"刻画出词人对佳人的思念是如此真挚、浓烈，这沉重的感情消磨了他的才气，令他恨不得如荀粲一般永远追随佳人身后。末尾二句又复归于景，词人凭栏独立，思绪联翩，直到拂晓时分。

怀人相思之作，往往含蓄遮掩，而这首词却直抒胸怀，将情字一诉到底，令人动容。此外，这首词情景交融，词人思绪飞扬灵动，给人带来焕然一新的艺术审美体验。

# 惠洪

惠洪（1071—1128年），俗姓彭，字觉范，江西筠州新昌（今江西宜丰县）人。北宋僧人、佛学家、散文家、诗人。惠洪出身凄苦，因父母双亡而出家，其天资聪慧、聪明好学，在文学方面也有着极高的天赋，创作了大量富有佛学理趣的作品，涵盖诗、词、文等不同体裁形式。其词情思婉转，颇受人们赞誉。

## 青玉案·绿槐烟柳长亭路

惠洪

绿槐烟柳长亭路,恨取次①、分离去。日永②如年愁难度。高城回首,暮云遮尽,目断人何处?

解鞍旅舍天将暮,暗忆丁宁千万句。一寸柔肠情几许?薄衾③孤枕,梦回人静,彻晓潇潇雨。

注释

① 取次:匆匆、仓促。
② 永:长。
③ 衾:被子。

## 赏析

黄庭坚曾依贺铸之韵填写了一首《青玉案》词寄给好友惠洪,惠洪亦依原韵作下这首《青玉案·绿槐烟柳长亭路》回赠黄庭坚。

上阕写离别时的场景。送别的长亭旁,柳树、槐树绿意葱茏,一对好友就这么匆匆分别了,此后度日如年,愁绪满怀。一个"断"字凸显了远行之人心中的悲痛和对故地、故人的难舍之情。

下阕描写行者的旅夜苦思。傍晚时分,行者终于到达旅舍。当他拖着疲累的身体解下马鞍时,耳边突然响起出发前亲友关心的话语,不由红了眼圈,肝肠寸断。夜晚,他从梦中惊醒,只觉得周身寒冷。他回想着往事,听着窗外淅淅沥沥的小雨,睁眼到天明。

这首词情感浓烈、真挚,表达了惠洪对黄庭坚深切的关心与思念。

# 叶梦得

叶梦得（1077—1148年），字少蕴，吴县（今江苏苏州）人。宋代官员、词人。叶梦得博学出众，才华横溢，他精通先秦时期各家学说要义，且对古代史料旧闻等有深入研究。叶梦得擅诗文，长于词，其词风格或婉约清丽，或宏阔简淡，在词坛中有着举足轻重的地位。

## 水调歌头·秋色渐将晚

叶梦得

秋色渐将晚,霜信报黄花。小窗低户深映,微路①绕敧斜②。为问山翁③何事,坐看流年轻度,拚却鬓双华?徙倚④望沧海⑤,天净水明霞。

念平昔,空飘荡,遍天涯。归来三径⑥重扫,松竹本吾家。却恨悲风时起,冉冉云间新雁,边马怨胡笳。谁似东山老,谈笑净胡沙!

注释

① 微路:小路。
② 敧斜:歪斜。
③ 山翁:词人自称。

④ 徙倚：徘徊，来回地走。

⑤ 沧海：这里指太湖。

⑥ 三径：庭院中的小路。东汉赵岐《三辅决录·逃名》中有载："蒋诩归乡里，荆棘塞门，舍中有三径，不出，唯求仲、羊仲从之游。"此后常用"三径"指代归隐的意愿或隐居生活。

## 赏析

  叶梦得晚年时退隐湖州弁山（又称卞山），这首词便是作于这一时期。

  上阕描写萧瑟的秋景。秋色渐浓，菊花盛开，屋前小路蜿蜒曲折，环境清幽。转而词人自问：为何甘愿让这流年虚度，直至双鬓染霜？这里包含着一种自省的心态，词人惋惜时光飞逝，痛惜自己的才华被浪费，不甘心虚度此生。"徙倚望沧海，天净水明霞"二句笔锋一转，词人不再郁愤不平，而是在眼前美景的感化下，心情变得平静，心境变得开阔。

  下阕点明词人对国家安危的担忧。"念平昔，空飘荡，遍天涯"三句铿锵有力，表明词人想再入朝政，为国效力。"归来三径重扫，松竹本吾家"二句描写的是词人此时的生活状态。他每天打扫庭院，观赏松竹，生活虽清闲，内心却深感焦虑不安。"却恨悲风时起，冉冉云间新雁，边马怨胡笳"三句点明其焦虑不安的原因，此时国家边境遭到敌人的入侵，词人虽身处深山，却时时关心国事，听到这一消息不由得忧心忡忡。"谁似东山老,谈笑净胡沙"二句表明了词人对朝廷当权者的抨击和批判,读来气势磅礴,令人印象深刻。

## 点绛唇·绍兴乙卯①登绝顶小亭②

叶梦得

缥缈危亭,笑谈独在千峰上。与谁同赏。万里横烟浪。

老去情怀,犹作天涯想③。空惆怅!少年豪放,莫学衰翁样。

**注释**

① 绍兴乙卯:宋高宗绍兴五年(1135年)。

②绝顶小亭：位于吴兴（今湖州市吴兴区）西北弁山山顶。

③天涯想：征战沙场、为国立功的梦想。

## 赏析

这首词作于叶梦得晚年时期，全篇对仗工整，节奏明快，雄浑有力，是一首不可多得的佳作。

上阕以"缥缈危亭"开篇，描写词人独自登上弁山峰顶的所见所感。"缥缈"二字从侧面烘托出山之高。词人立于绝顶小亭，眺望远方，只见烟云缭绕，水浪滔滔，这壮丽美景与谁同赏？词人心中一种孤独感油然而生。

下阕直抒胸臆，抒发词人的爱国情怀。"老去情怀，犹作天涯想"二句表明，词人虽然年老，却仍然想要驰骋于边塞战场，为国效力。然而，逝去的时光不可挽回，他鬓边的白发也不可能变黑，如今的他只能望着远方"空惆怅"。词人虽然郁愤不平，心中的豪情壮志却不会轻易熄灭。末尾二句是他对年轻一辈的教诲与期待：少年人应当要志存高远，以报效国家为己任，千万不要蹉跎光阴，像个老年人一样终日死气沉沉，毫无梦想。

# 万俟咏

　　万俟咏（生卒年不详），北宋末南宋初词人。字雅言，自号词隐、大梁词隐。宋哲宗时期，万俟咏屡试不第，多次落榜，后放弃仕途，纵情于歌酒。因擅音律，与周邦彦等共同审定旧调，创造新词，歌唱太平盛世之景。万俟咏曾自编词集，后来失传，仅有部分作品流传下来。

## 长相思·雨

万俟咏

一声声,一更更①。窗外芭蕉窗里灯,此时无限情。

梦难成,恨难平。不道愁人不喜听,空阶滴到明②。

注释

① 更:指更鼓声。
② 空阶滴到明:化用温庭筠《更漏子·玉炉香》中的"一叶叶,一声声,空阶滴到明"。

## 赏析

万俟咏早年经历坎坷,屡试不第,心情无比苦闷、抑郁,这首词正作于这一时期。

上阕描写离人深夜难以入眠的情景。某个阴雨绵绵的夜晚,离人听着窗外传来的更鼓声和雨打芭蕉之声,辗转难眠。屋里灯光昏暗,他眼前不由得浮现出那个朝思暮想的身影。

下阕着重刻画离人孤独、凄楚的心情。雨夜中,离人想要快速入眠,在梦中见到自己思念的人。可是这雨声不断,令他迟迟难以入眠。此时的他,无可奈何地听着雨声,心中愁绪更浓。"空阶滴到明"一句说明离人辗转反侧,直到天亮还未睡着。

这首词全篇并未提及"雨"字,却将扰人的雨声融入字里行间,令读者产生强烈的共鸣。

## 忆秦娥·别情

万俟咏

千里草，萋萋①尽处遥山小。遥山小，行人远似，此山多少？

天若有情天亦老②，此情说便说不了。说不了，一声③唤起，又惊春晓。

注释

① 萋萋：形容草木茂盛的样子。
② 天若有情天亦老：出自"诗鬼"李贺的《金铜仙人辞汉歌》："衰兰送客咸阳道，天若有情天亦老。"形容人在无情的自然法则面前感到悲伤。
③ 一声：指鸡鸣。

## 赏析

这是一首惜别之作,言辞简约、浅白,却独具韵味。

上阕描述苍茫的草原之景。"千里草,萋萋尽处遥山小"二句,突出距离上的遥远,纵目远眺,远处山峰是如此渺小。行人们望着远方,只觉得这条路漫长遥远,没有尽头。"此山多少"既突出了路之遥远、渺茫,也刻画出行人迷茫的心理状态。

下阕抒发离别之情。"天若有情天亦老"一句源于李贺的千古名句"衰兰送客咸阳道,天若有情天亦老。"词人感叹道,如果天地也有情感,它们也会因为这人世间的种种离别惨景而憔悴衰老。这沉重的感情纵然有千言万语也难以表达清楚。末尾三句将离情融入自然景象中,细腻生动,饶有韵味,令人回味无穷。

宋　马远　《松下闲吟图》

# 朱敦儒

朱敦儒（1081—1159年），字希真，号岩壑，自称洛川先生。洛阳（今属河南）人，宋代官员，词人。其词风格多变，前期巧丽繁富，后期或清新晓畅，或豪放刚健，在当时具有较大的影响力。

## 西江月·世事短如春梦

朱敦儒

世事短如春梦，人情薄似秋云。不须①计较苦劳心，万事原来有命。

幸遇三杯酒好，况逢一朵花新。片时欢笑且②相亲，明日阴晴未定。

> 注释

① 不须：无须。
② 且：姑且。

## 赏析

这首词作于朱敦儒晚年时期,抒发了其对复杂世情的独特感悟,发人深思。

上阕首句即直截了当地表达了词人对世间种种情态的感悟——人生短暂,人情淡薄。一个"薄"字饱含辛酸。"不须计较苦劳心,万事原来有命。"此二句中隐隐含有一种自嘲心理,反映了词人早年间的追求与挫败,同时词人基于丰富的人生阅历得出这样的结论:人在跌宕起伏的命运面前是无能为力的,所以不需过分执着。此时的他已经放弃对命运的抗争,只为寻得一种顿悟后的解脱。

下阕的词风开始悄然发生转变,仿佛柳暗花明,情调也由沉重转向轻松。词人精神上得到解脱,开始享受短暂的相遇与片刻欢愉,他不再计较明日的阴晴,只享受眼前的美好。

这首词文辞不加矫饰,给人以明白晓畅、意味深长之感。

## 好事近·摇首出红尘

朱敦儒

摇首出红尘,醒醉更无时节。活计①绿蓑青笠,惯披霜冲雪。

晚来风定钓丝闲,上下是新月。千里水天一色②,看孤鸿明灭③。

### 注释

① 活计：生计。
② 千里水天一色：化用王勃《滕王阁序》中的名句"秋水共长天一色"。
③ 看孤鸿明灭：化用嵇康《赠秀才从军》一诗中的"目送归鸿，手挥五弦。"

### 赏析

这首词是朱敦儒晚年隐士生活的写照。

上阕刻画出一位远离红尘的渔父形象。开篇"摇首"二字表达了词人对蝇营狗苟的俗世生活的否定和不在乎，说明词人志趣不在官场，已然放下过往，过起了隐士生活。"活计绿蓑青笠，惯披霜冲雪"二句描写了渔翁生活，词人笔下的渔翁"绿蓑青笠""披霜冲雪"，刻画生动，给人留下了深刻印象。这精神抖擞的渔翁指的自然是词人自己，展现出词人归隐之后气定神闲、超脱尘世的心态。

下阕进一步描述悠闲清静的隐居生活。傍晚时分，他一边坐在河边钓鱼，一边欣赏周围美景。只见水平如镜，映照着一弯新月，四下里凉风习习，宁静无比。飞翔的"孤鸿"则为这幅静景添加了一丝动感，使得这幅"暮野垂钓图"更多了一分艺术美感，令人浮想联翩。

# 李清照

李清照（1084—1155年），号易安居士，齐州章丘（今山东济南章丘）人，宋代女词人。李清照出生于士大夫家庭，在父亲李格非的教导下饱读诗书，少女时期就诗名在外，后嫁给赵明诚，专心收集整理书画金石，晚年流落南方，孤苦而终。李清照的词清丽典雅，词风前期悠闲自在，后期哀怨伤感，亦有慷慨之作，著有《易安集》《漱玉集》，被誉为"婉约词宗""千古第一才女"。

## 如梦令·昨夜雨疏风骤

李清照

昨夜雨疏风骤①,浓睡②不消残酒③。试问卷帘人④,却道海棠依旧。知否,知否?应是绿肥红瘦⑤。

### 注释

① 雨疏风骤:雨点稀疏、风大风急。
② 浓睡:酣睡、沉睡。
③ 残酒:指醉意。
④ 卷帘人:这里指去开窗、卷起窗帘的侍女。
⑤ 绿肥红瘦:绿叶喝饱雨水而显得枝叶繁茂、叶片肥厚,红花遭受风雨侵袭,花瓣凋零,显得消瘦。

## 赏析

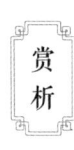

这是一首极富妙趣的词。某天,李清照在醉酒酣睡一夜后,牵挂风雨后的海棠花,便写下了自己与侍女的对话,创作此词。这首词短小精悍,富有生活气息和想象力,一问世便轰动整个京师。

这首词篇幅短小,但情感转折非常多。狂风骤雨让词人对风雨摧花的无情感到不忍和无奈,酒后酣睡让人愉悦、放松。到了第二日晨起,词人试问卷帘人时,是担心的,以"试问"表现问得小心、问得急切。"海棠依旧"的回答让人诧异,如此,也便有了之后活泼的调侃"应是绿肥红瘦"。短短几句,就道出了一个青春明媚的少女简单的喜怒哀乐。

这首词词意隽永,语言表现力极强。寥寥数语就勾勒出了一幅风雨过后叶茂花落的画面,也生动地展现了词人率真、侍女淡然的特点。最后的"绿肥红瘦"之句更是想象丰富、妙语天成,南宋词评家陈郁评此句"天下称之",南宋理学家、诗人朱熹也盛赞"如此等语,岂是女子所能?"

## 如梦令·常记溪亭日暮

李清照

常记溪亭①日暮,沉醉不知归路。兴尽晚②回舟,误入藕花深处。争渡③,争渡,惊起一滩鸥鹭④。

注释

① 溪亭:临水的亭子。
② 晚:这里指比原计划返回的时间要晚。
③ 争渡:奋力地划动小船。
④ 鸥鹭:泛指水鸟。

## 赏析

李清照的父亲李格非在汴京（今河南开封）为官定居后不久，李清照也来到汴京。汴京比齐州章丘（今山东济南）更加热闹、繁华，但不能像在故乡那样无拘无束地整日出去游玩，李清照回忆起往昔在故乡的快乐时光，便写下这首《如梦令》。

这首词描写了李清照在溪水边贪玩晚归的趣事。多年前夏日的某一天，李清照到溪水边游玩，不知不觉太阳已经西沉，直到玩得尽兴才急忙划船而归。因为饮了一些酒，慌乱和醉眼迷离之间怎么也找不到通往河边的水路，竟将小船划到荷花深处，荷花茂密、荷叶宽大，更加找不到出去的路，于是在荷花丛中奋力地划动小船寻找出去的方向，却不经意间惊吓到了一旁的水鸟，一时间水鸟纷飞，水波荡漾，满池荷花绕船香。

词人因为"沉醉"而"不知归路"，因为"兴尽"而"晚回舟"，进而"误入藕花深处"，紧接着便引发"争渡"和"惊起一滩鸥鹭"的结果，整首词毫无雕饰、行文流畅、水到渠成，令人回味无穷。

## 点绛唇·蹴罢秋千

李清照

蹴①罢秋千,起来慵②整纤纤手。露浓花瘦,薄汗轻衣透。

见客入来,袜刬③金钗溜。和羞走④,倚门回首⑤,却把青梅嗅。

**注释**

① 蹴:踩踏,这里指荡秋千。
② 慵:慵懒。
③ 袜刬:指穿着袜子着地。
④ 和羞走:这里的"走"是小跑的意思,"和羞走"指带着羞涩快步跑开。
⑤ 倚门回首:靠着门回头看。

## 赏析

　　这首词作于李清照少女时期。当时的李清照居住在汴京,太学生赵明诚常来家中做客,一来二去,二人相互倾心。这首词描述的正是李清照在自家庭院中偶遇赵明诚来访的情景。

　　上阕写庭院游玩的情景。少女正在自家庭院中荡着秋千,荡累了便从秋千上起身下来,香汗淋漓、娇喘吁吁,懒得整理被弄脏的纤纤玉手,娇嫩柔细的花枝上沾满露珠,少女的汗珠滴落湿透衣衫。

　　下阕写少女娇羞的情态。客人突然从外面进来,少女不想被人看见,赶紧小跑着离开,结果鞋子跑丢了,发钗也从头上滑下来,想看来客是谁又不想让客人发现自己的意图,于是靠着门回头假装去闻门边的青梅。

　　这首词节奏明快,充满生活气息,将少女最初的娇憨及后来的惊慌和心动描绘得淋漓尽致,十几岁少女的天真烂漫、活泼开朗、懵懂娇羞,以及想见又不敢见心仪少年的小心思跃然纸上。

# 一剪梅·红藕香残玉簟秋

李清照

红藕香残玉簟①秋,轻解罗裳,独上兰舟②。云中谁寄锦书③来?雁字④回时,月满西楼。

花自飘零水自流,一种相思,两处闲愁⑤。此情⑥无计⑦可消除,才下眉头,却上心头。

### 注释

① 玉簟:像玉一样光滑清凉的凉席。
② 兰舟:船的雅称,这里指睡觉的床榻。
③ 锦书:书信的雅称。
④ 雁字:大雁飞行时排成"一"字或"人"字,故称。《汉书》中有鸿雁传书的记载,这里指书信往来。

⑤ 闲愁：无端生起的忧愁。创作此词时，词人和丈夫两地分居，故说两处闲愁。

⑥ 此情：指相思之情。

⑦ 无计：没有办法。

## 赏析

受朝廷党争影响，词人李清照的父亲被罢官还乡，不久后李清照也回乡省亲并长居，从此与丈夫赵明诚在章丘、汴京两地分居。李清照因思念丈夫而写下了这首相思之词。

李清照将心中的相思愁绪借着秋日景象——抒发。秋日寒冷，荷花凋零，味散形残，光洁如玉的凉席已经用不上了，独自躺在榻上辗转反侧。大雁南飞，是谁又在托鸿雁传书？月辉照耀下的阁楼显得十分冷清，让人难以入眠。花自顾自地飘零，水自顾自地流，就像词人自己和丈夫，一种相思、两处离愁，不是愁在眉头就是愁在心头，怎么也甩不掉。

上阕的残藕、玉簟、月辉，都给人以秋天的萧瑟之感，词人本就饱受相思之苦，见如此景象，相思更浓。下阕以落花流水的飘零对比人的飘零，章丘、汴京两处相思，眉头、心头两处浓愁，将全词的浓郁离思与离愁烘托至极致，曲尽其妙，意蕴悠长。

# 醉花阴·薄雾浓云愁永昼

李清照

薄雾浓云愁永昼①,瑞脑②消金兽③。佳节又重阳,玉枕纱厨④,半夜凉初透。

东篱把酒⑤黄昏后,有暗香盈袖。莫道不销魂,帘卷西风,人比黄花瘦。

## 注释

① 永昼:指白天十分漫长。
② 瑞脑:古代用于熏香的香料,又称龙脑香、冰片。
③ 消金兽:"消"同"销",这里指香料在兽形的铜制香炉中慢慢烧尽。
④ 纱厨:纱帐,用以防蚊虫。
⑤ 东篱把酒:指在菊园内饮酒。引用东晋陶渊明《饮酒》中的诗句:"采菊东篱下,悠然见南山"。

## 赏析

这首词作于重阳佳节,时值李清照独居章丘,其丈夫赵明诚在汴京,李清照将思念之情写进词中,寄给赵明诚。

上阕借助景物描写表达孤寂之感。雾气弥漫,浓云密布,遮掩了整个天空,强烈的孤寂感让白天显得更加漫长。词人望着香炉里的袅袅青烟发呆,重阳佳节不能与丈夫相聚很是孤单,夜里睡觉时翻来覆去,只觉得身体寒冷,暗喻内心凄凉。

下阕通过对比手法表达凄凉哀怨之情。词人从屋内走到菊园,赏菊、饮酒,衣袖间充盈着菊花的香味,莫要说这清冷的秋天不让人伤神,西风萧瑟,吹打着竹帘,也吹得菊花凋零消瘦,可屋内的人整日因相思而茶饭不思,更比菊花瘦。其实,使人伤神、消瘦的不是秋风,而是那怎么也排解不走的相思。"人比黄花瘦"以花木之瘦比人之瘦,角度新颖,语出不凡,堪称千古佳句。

整首词情感真诚细腻,字字句句都透露出相思之情,令人回味无穷。

# 武陵春·风住尘香花已尽

李清照

风住尘香①花已尽,日晚倦梳头。物是人非②事事休,欲语泪先流。

闻说双溪春尚好,也拟泛轻舟。只恐双溪舴艋③舟,载不动许多愁。

**注释**

① 尘香:指花瓣落到地上,尘土沾染了花的香气。
② 物是人非:这里指丈夫去世,国破家亡。
③ 舴艋:形似蚱蜢的小船。

宋 苏汉臣 《妆靓仕女图》

## 赏析

李清照的词大多数与其个人生活经历密不可分,少女时期生活无忧无虑,词风欢快明朗,中晚期遭遇重大家国变故,词风多凄凉忧愁,形成鲜明对比。

此词作于李清照中年孀居后,当时的她只身带着藏书和金石文物流落南方,内心孤寂愁苦。

上阕和下阕均以春景开端,以愁绪收尾。词人从身边的事物和自身状态开始写起。暮春时节,春风停了,尘土里弥散着落花的芳香,但词人并没有心情赏春,连梳妆的心情也没有,春依旧,可是物是人非,心中的苦闷无处诉说,话未说,泪先流。词人听说双溪春景醉人,按捺不住出游的心情,忍不住想要乘舟前往,但是一想到心中的伤心事,又觉得小舟狭小,载不动自己的许多忧愁。

这首词中词人的情绪几经转换,有淡然、无趣、悲伤、喜悦、担心、忧愁,词人的内心已经被物是人非的忧愁填满了。忧愁多到连小船都承受不住,词人将抽象的忧愁具象化了,这样的比喻不仅自然,而且角度新颖,让人能更加深刻地理解词人心中无法排解的愁绪之多、之浓、之沉重。

## 渔家傲·天接云涛连晓雾

李清照

天接云涛连晓雾,星河①欲转千帆舞。仿佛梦魂归帝所②。闻天语③,殷勤问我归何处?

我报路长嗟日暮④,学诗谩有⑤惊人句。九万里⑥风鹏正举。风休住,蓬舟吹取三山⑦去。

**注释**

① 星河:银河。
② 帝所:天帝居住的场所。
③ 天语:天帝说的话。
④ 我报路长嗟日暮:指道路漫长遥远,感叹日暮已至,赶路的时间已经不多了。"路长"和"日暮"分别引自屈原《离骚》中的"路漫漫其修远兮"和"日忽忽其将暮"二句。

⑤谩有：空有。
⑥九万里：引自《庄子·逍遥游》中"抟扶摇而上者九万里"之句，称大鹏鸟可乘风飞上九万里的高空。
⑦三山：指神话传说中的蓬莱、方丈、瀛洲三座神山。

## 赏析

  晚年的李清照经历国破家亡，只身漂泊不知何去何从，作此词以表达心中迷茫。

  上阕写天河的壮丽奇景。清晨云雾缥缈，云天相接，不知是梦是醒，在缥缈的梦境中，银河风起浪涌，千帆起伏，魂魄仿佛飞到了天庭，听到天帝殷勤关切地询问自己有没有归宿。"天""云""雾""星河""千帆"等词语营造出壮丽广阔的景象，"转""舞""归"等词语写出词人在浩瀚环境中的漂泊无依。

  下阕抒发心中的迷惘。词人回复天帝的问询，前路漫漫，人已暮年，虽然能写出人人称赞的妙句，却并没有什么用，万里长空大鹏乘风翱翔，希望风不要停歇，能将自己送到蓬莱仙境去。词人在现实生活中找不到归途，希望能在梦境中找到。

  这首词采用了浪漫主义的艺术表现手法，用人神对话的方式表达了词人对生活无依无靠和对未来不确定的迷茫和担忧，意境广阔深远，格调大气悲凉。

# 摊破浣溪沙·病起萧萧两鬓华

李清照

病起萧萧①两鬓华②,卧看残月上窗纱。豆蔻③连梢煎熟水,莫分茶。

枕上诗书闲处好,门前风景雨来佳。终日向人多酝藉④,木犀花⑤。

## 注释

① 萧萧:头发稀疏花白的样子。
② 两鬓华:两鬓头发花白。
③ 豆蔻:药名。
④ 酝藉:这里指给予心灵的慰藉、陪伴。
⑤ 木犀花:桂花。

## 赏析

  这首词作于李清照晚年养病期间，描写了词人大病初愈后独自作诗、赏秋的淡雅而孤寂的生活常态。

  词人在开篇以"病起"和"两鬓华"交代了自己久病头发稀疏花白的并不乐观的身体状况，但词人能苦中作乐，躺在床上透过窗纱赏月，屋内还存有豆蔻煎成的药汤，因为服药忌茶，所以也就不能行点茶、分茶等茶道雅事。靠在枕上读书十分惬意，门外的雨景令人舒心，在这凉爽的秋季里整日与词人做伴、带给词人心灵慰藉的只有院内的桂花。

  词人久被疾病困扰，却也并不在乎被疾病折磨得两鬓花白、浑身乏力，反而能时常望月、读书、听雨、赏花，始终保持着对生活的热爱和闲适的心情。只不过，纵然词人有闲情逸致，但所见景物中的华发、残月、汤药又都象征着萧瑟与凄凉，可见词人心中仍是十分凄苦和孤独的。

## 声声慢·寻寻觅觅

李清照

寻寻觅觅，冷冷清清，凄凄惨惨戚戚①。乍暖还寒时候，最难将息②。三杯两盏淡酒，怎敌他③、晚来风急？雁过也，正伤心，却是旧时相识。

满地黄花④堆积。憔悴损，如今有谁堪摘⑤。守着窗儿，独自怎生得黑？梧桐更兼⑥细雨，到黄昏、点点滴滴。这次第，怎一个愁字了得！

### 注释

① 凄凄惨惨戚戚：悲伤、哀愁的样子。
② 将息：休养调理。

③ 怎敌他：怎么能抵挡。
④ 黄花：菊花。
⑤ 堪摘：及时采摘。
⑥ 更兼：更加上。

## 赏析

　　这首词是李清照晚年闺怨词的代表作，与其他诗词作者写闺怨不同，李清照的闺怨之情密切结合自身经历，情感真挚浓烈，着眼"国难家愁"，格调更加端庄大气。

　　上阕开篇连用叠词，凸显出词人内心极度的凄苦与悲伤。词人心情本就低落，再加上这冷暖不定的气候，更无心休养歇息。词人睡不着，想饮几杯酒暖暖身子，但身心俱冷，并非饮酒就能好转的，紧接着又看到大雁南飞，想着再无锦书传来，于是更加伤心了。

　　下阕写残败秋景。菊花凋零，无人采摘，词人一个人孤苦无依很难熬到天黑，此时偏又下了一场秋雨，细雨绵绵，从早到晚，正如词人的愁绪一般，无边无际、不能停息，这光景，仅用一个"愁"字根本不能概括。

　　这首词不仅语言美，而且韵律美，一字一句，写尽忧愁，富有极强的感染力，让人读罢顿生共鸣，意犹未尽。

## 永遇乐·落日熔金

李清照

落日熔金，暮云合璧①，人在何处？染柳烟浓②，吹梅笛怨③，春意知几许？元宵佳节，融和天气，次第④岂无风雨？来相召、香车宝马⑤，谢⑥他酒朋诗侣。

中州盛日⑦，闺门多暇，记得偏重三五⑧。铺翠冠儿⑨，捻金雪柳⑩，簇带⑪争济楚⑫。如今憔悴，风鬟霜鬓⑬，怕见夜间出去。不如向、帘儿底下，听人笑语。

### 注释

① 合璧：可以合拼在一起的碧玉。
② 染柳烟浓：柳树被浓浓的大雾笼罩。

③吹梅笛怨：指笛子吹奏出《梅花落》乐曲哀怨悠长的声音。

④次第：转眼间，紧接着。

⑤香车宝马：装饰华丽的马车。

⑥谢：谢绝。

⑦中州盛日：中州指都城汴京，这里指在汴京度过的繁盛岁月。

⑧三五：指正月十五元宵节。

⑨翠冠儿：指镶有翡翠的装饰华丽的帽子。

⑩金雪柳：古代女子在元宵佳节特有的节日装扮。

⑪簇带：插戴。

⑫济楚：漂亮、美丽。

⑬风鬟霜鬓：被风霜弄乱的头发，这里指无心装扮自己。

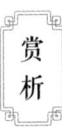

## 赏析

李清照晚年时流寓江南，逢正月十五元宵节，身在南宋都城临安（今浙江杭州）的李清照触景生情，回想起以往在北宋都城汴京（今河南开封）的日子倍感落寞和伤感，用此词记录了当下伤今追昔的感受。

上阕写节日氛围。恰逢正月十五元宵佳节，天色极好，落日余晖像融化了的金子般铺满整个天空，云霞绚丽璀璨，如此良辰美景，词人却不知道自己的归宿在哪里。窗外柳叶翠绿，像是被绿色的烟熏染过一样，远处传来的《梅花落》笛曲哀怨悠长，春意尚浅，总担心这温暖和煦的天气突然出现风雨。朋友乘着精美的马车来相邀去游玩，但词人无心游乐，一一谢绝。

下阕追忆往昔。眼前的节日景象让词人想起以往在汴京城中过元宵节的场景，那时国家安宁、家庭美满、生活无忧，词人在元宵节穿戴华丽，打扮得美丽动人，出门游玩。如今又逢元宵佳节，却是物是人非、容颜憔悴，无心再去凑热闹，只在窗帘下稍稍驻足听一听他人的欢笑。昔日与今日的景、物、人形成鲜明的对比，令人倍感孤寂和伤感。

# 曹勋

曹勋（1098—1174年），字公显，一作功显，号松隐，颍昌府阳翟（今河南禹州）人，北宋词人、文学家、官员。曹勋出身书香门第，很早时便有文名在外。其为官刚正，靖康年间曾被金兵押解北上，后成功逃归，于宋高宗时期多次出使金国，结合自身经历写下了不少使金作品，诗词多记录边塞风景与戍边将士生活。

# 饮马歌·边头春未到

曹勋

此腔①自虏中传至边②,饮牛马即横笛吹之,不鼓不拍③,声甚凄断。闻兀术④每遇对阵之际,吹此则鏖战⑤无还期也。

边头⑥春未到,雪满交河⑦道。暮沙明残照。塞烽云间小。断鸿⑧悲,陇月⑨低。泪湿征衣悄。岁华⑩老。

## 注释

① 腔:曲子,这里指胡地民歌《饮马歌》。
② 自虏中传至边:从金人区域传播到宋边境。
③ 不鼓不拍:不用鼓乐伴奏和打节拍。
④ 兀术:人名,金人统帅。
⑤ 鏖战:激烈的战斗。

⑥边头：边塞。
⑦交河：地名，位于今新疆交河城故址，这里泛指塞外。
⑧断鸿：失群的孤雁。
⑨陇月：陇山上空的月亮。
⑩岁华：年华。

## 赏析

  这是一首边塞词，词人以一位塞外老兵的口吻描写了边塞生活。

  边塞的春天迟迟未到，交河河道上冰雪堆积，黄昏落日的余晖照耀在白茫茫的沙漠上，边塞的烽火在空旷的天地间显得十分渺小。失群的孤雁悲鸣不止，陇山上明月低垂，满眼尽是苍茫凄凉之景，老兵年华已老，却不能还乡，只能默默流泪，任由泪水沾湿军衣。

  边塞被冰雪覆盖，没有一丝春天的生机，只有浩瀚的大漠、烽火、孤雁、明月，词人用宏大的视角来描写边境的空旷荒凉，在这样的环境中士兵连年征战，从少年到老年，战争仍在继续，还乡遥遥无期，一个"悄"字更写出老兵的无奈与凄苦。

  这首词语言简洁、富有节奏、情感真挚，寥寥数语就将边塞悲壮的生活生动地展现了出来，感人至深。

# 岳飞

　　岳飞（1103—1142年），字鹏举，相州汤阴（今河南省汤阴县）人，南宋抗金名将、军事家、书法家、诗人。岳飞少年习武，二十岁投军从戎，力主抗金，多次率领岳家军击退金兵。后遭到秦桧的诬陷，被冠以莫须有的罪名冤死狱中。宋孝宗时，岳飞被平反昭雪。岳飞的诗词多写军旅生活、报国之志，展现出渴望收复山河的宏伟志愿和爱国之心。

## 满江红·怒发冲冠

岳飞

怒发冲冠,凭栏①处、潇潇②雨歇。抬望眼、仰天长啸,壮怀激烈③。三十功名④尘与土,八千里路⑤云和月。莫等闲⑥、白了少年头,空悲切。

靖康耻⑦,犹未雪。臣子恨,何时灭。驾长车,踏破贺兰山⑧缺。壮志饥餐胡虏⑨肉,笑谈渴饮匈奴血。待从头、收拾旧山河,朝天阙⑩。

注释

① 凭栏:身体倚靠或手扶栏杆。
② 潇潇:形容雨势极大。

③ 壮怀激烈：指奋发图强、一心报国的志向在心中激荡。

④ 三十功名："三十"为概数，指从军多年所累积的功名。

⑤ 八千里路："八千"为概数，指行军千里、奔赴沙场。

⑥ 莫等闲：指不要轻易虚度年华。

⑦ 靖康耻：宋靖康二年（1127年），金兵攻陷汴京，掳走宋徽宗、宋钦宗及妃嫔皇子、王公大臣等三千余人，北宋至此灭亡。

⑧ 贺兰山：具体地点有争议，指金兵占领的地方、抗金战场。

⑨ 胡虏：与后面的"匈奴"同指入侵的金人。

⑩ 天阙：皇宫宫殿，这里指代皇帝。

## 赏析

这是抗金名将岳飞的抗金名篇，全词慷慨激昂、令人振奋。

上阕写杀敌报国的壮志。词人怀着对金人入侵的极度愤恨，凭栏眺望失去的山河，不禁仰天长啸，心中壮志激荡。词人将多年征战的功名视如尘土，披星戴月不辞辛苦地只为奔赴战场杀敌，不忍心浪费这大好年华、空留悲痛。

下阕写收复山河的决心。词人牢记靖康之耻尚未雪耻，臣子旧恨仍未泯灭，立志要驾着马车、率领将士长驱直入，将贺兰山踏出缺口，直捣金人军营，彻底收复山河，再凯旋回朝向皇帝报捷。

岳飞的山河故土被夺之恨、奋发报国之志在本词中展现得淋漓尽致，如此精忠报国的赤诚之心也激励了无数后人。

## 小重山·昨夜寒蛩不住鸣

岳飞

昨夜寒蛩①不住鸣。惊回千里梦②，已三更③。起来独自绕阶行。人悄悄，帘外月胧明④。

白首为功名⑤。旧山⑥松竹老，阻归程⑦。欲将心事付瑶琴。知音少，弦断有谁听？

注释

① 寒蛩：秋天的蟋蟀。
② 千里梦：指奔赴千里之外的沙场杀敌报国的梦。

③三更：指晚上十一时到次日凌晨一时。
④月胧明：月光朦胧、不明亮。
⑤功名：建功立业，这里指抵抗金人入侵。
⑥旧山：家乡的山。
⑦阻归程：这里指朝廷向金议和，阻挡岳飞奔赴战场杀敌。

## 赏析

岳飞力主抗金，但南宋朝廷倾向于议和，秦桧等主和派百般阻挠岳飞抗金，岳飞心中苦闷，遂创作本词。

上阕着重写景。词人夜不能寐，晚秋的蟋蟀一直在鸣叫，扰乱了词人梦回千里之外的沙场杀敌报国的美梦。三更时分，夜已经很深了，但是词人心中忧郁，起床独自绕着台阶来回踱步，周围一片寂静，窗外月色朦胧阴暗，一如词人愁苦的内心，不得明朗。

下阕着重抒情。词人在下阕揭示了自己愁苦失眠的原因：为国辛苦征战，早生白发，但是朝廷议和的声音不断，始终难以回到抗金的战场上去，自己抗金报国的心愿不能被人理解，曲高和寡、知音难觅，不知能说给谁听。

岳飞终其一生，为抗金事业倾尽心血，他在战场上奋勇厮杀、力挽战局，却无力抵抗朝廷议和的声音，无力扭转国家衰亡局面，心中如何能不愁苦孤寂，因此感慨"知音少"。全词悲怆、抑郁但又不得不隐忍克制，令人唏嘘。

宋　范宽
《溪山行旅图》

# 韩元吉

韩元吉（1118—1187年），字无咎，号南涧，开封雍丘（今河南杞县）人，再徙颍昌（今河南许昌），南宋文学家、官员。韩元吉为人正直、为官清廉，喜欢交游，与曾几、陆游、辛弃疾等文坛名流均有交往。其诗词强调雅正，以清为美，词句多学苏轼，有雄健之风，亦有清丽自然之作。

## 霜天晓角·题采石蛾眉亭①

韩元吉

倚天②绝壁,直下江千尺。天际两蛾凝黛③,愁与恨④,几时极⑤?

怒潮风正急。酒阑闻塞笛⑥。试问谪仙⑦何处?青山外,远烟碧。

### 注释

① 采石蛾眉亭:采石矶、蛾眉亭均位于当涂县(今安徽省境内)。
② 倚天:一作"倚空"。
③ 两蛾凝黛:指长江两岸的山峰,如美人的眉毛。
④ 愁与恨:古代文学作品中常以美人的眉毛象征闺愁、怨恨。
⑤ 极:尽头,消失。

⑥ 塞笛：边关传来的笛声，宋时采石矶为边防军事重镇。
⑦ 谪仙：指李白，李白逝于当涂。

## 赏析

此词是词人的登高抒怀之作。当时宋金对战，词人隶属主战派，但宋朝廷被主和派把持，词人官职卑微，主张抗金的意愿无法实现，所以才有此借景抒情、借古抒怀之作。

上阕借景抒情。词人路过采石矶，在山下驻足仰望，可见山高倚天，绝壁入云。登上蛾眉亭后俯瞰，可见飞瀑直下、长江绵延。远处山峰如黛，如词人心中的愁苦，向天际绵延，没有尽头。

下阕借古抒怀。长江波涛汹涌，风急浪高，醉意朦胧，词人听见边关笛声哀怨，遥想李白当年也曾在这里游览山水，只是早已被埋葬在了青山上，烟波缥缈难以寻觅。李白有凌云之志，但终其一生，始终没有真正进入朝堂为国效力。词人怀念李白，实则暗喻自己当下也如李白一样不得志。

结合词人的创作背景，便不难理解其心中的仇恨与不得志的忧郁。正因心有悲情，所以才有了笔下的"凝黛""怒潮""塞笛""烟碧"等哀景，寓情于景，情景交融。

# 陆游

陆游（1125—1210年），字务观，号放翁，越州山阴（今浙江省绍兴）人。南宋文学家、史学家、诗人。陆游生于名门望族，从小饱读诗书，十余岁能诗能文，后被赐予进士出身。陆游一生笔耕不辍，自言"六十年间万首诗"，被誉为"诗圣"。陆游存世词作百余首，兼有豪放与婉约风格，是"辛派词人"的中坚人物。陆游一生忧国忧民，留下许多爱国名篇。

## 钗头凤·红酥手

陆游

红酥手,黄縢①酒,满城春色宫墙②柳。东风③恶,欢情薄,一怀愁绪,几年离索④,错、错、错。

春如旧,人空瘦,泪痕红浥鲛绡透⑤。桃花落,闲池阁,山盟虽在,锦书难托。莫⑥、莫、莫!

注释

① 黄縢:酒名,泛指美酒。
② 宫墙:绍兴曾为南宋陪都,故称当地的围墙为宫墙。
③ 东风:这里暗喻陆游的母亲。
④ 几年离索:陆游和唐婉分开后,再次偶遇已过十年。
⑤ 泪痕红浥鲛绡透:浥意为湿润,鲛绡是鲛人所织的绡,泛指薄纱,

这里指眼泪浸湿了手帕。

⑥ 莫：罢了，就这样吧。

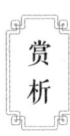

## 赏析

陆游与原配妻子唐婉青梅竹马、琴瑟和鸣，但陆游的母亲担心儿女情长牵绊陆游上进之路，于是胁迫二人分开。二人离散后，陆游遵母意迎娶王氏，唐婉另嫁赵士程。多年后，陆游游绍兴沈园，偶遇唐婉夫妇，并接受了唐婉夫妇的宴请。陆游告别唐婉夫妇后有感而发，作本词题在园壁上。

上阕追忆往昔。词人曾经携唐氏游园的场景历历在目，那么美好。然而有情的两个人最终被无情拆散，几年来的离别生活都被愁绪所填满，一连三个"错"，道不尽内心的愁苦。

下阕抒发愁怨。词人由回忆往昔转至现实，春景如旧，但人已今非昔比，曾经的丽人变得消瘦，如今相逢，泪水冲洗胭脂浸湿了手帕。寂静空旷的阁楼更彰显了词人此时寂寥的心境，尽管词人痴情不改，但终是无法言说，一连三个"罢"，说不完心中的沉痛。

整首词字句恳切，情感饱满又克制，让人读后悲从中来，意犹未尽。

## 谢池春·壮岁从戎

陆游

壮岁从戎,曾是气吞残虏①。阵云高、狼烟②夜举。朱颜青鬓,拥雕戈③西戍。笑儒冠④自来多误。

功名⑤梦断,却泛扁舟吴楚。漫悲歌、伤怀吊古⑥。烟波无际,望秦关⑦何处?叹流年⑧又成虚度。

### 注释

① 虏:宋代对入侵者的蔑称。
② 狼烟:指烽火。
③ 雕戈:雕刻着纹饰的戈,指精美锋利的戈。
④ 儒冠:指儒生。
⑤ 功名:指上阵杀敌建立军功。

⑥吊古：凭吊古人。
⑦秦关：泛指边关。
⑧流年：流逝的岁月、年华。

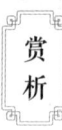

## 赏析

陆游在南郑曾有过一段军旅生活，这首词是陆游晚年回忆南郑幕府和军旅生活时所创作的。

上阕回忆往昔。词人回忆青壮年时戍边的生活，颇有气吞敌人的豪迈。边关云层如军阵，密布高空，夜里狼烟四起，意气风发的年轻人手持锋利的戈戍边从戎，嘲笑儒生虚度年华。年轻时期的军旅生活充满豪情壮志，令词人怀念。

下阕重在伤今。词人当下年事已高，征战沙场的梦想已经破灭，只能乘着小舟在吴楚之地漂泊，独自悲歌、凭吊古人。词人望着烟波浩渺的江面，不知边关在哪，空叹年华已逝。词人因为光阴飞逝而失落，更为光阴已逝但山河尚未收复而遗憾。

词的上阕充满英雄豪情，下阕情绪急转直下，字里行间表达了爱国之心和不能报国杀敌的伤感与落寞。

# 卜算子·咏梅

陆游

驿外断桥边①，寂寞开无主②。已是黄昏独自愁，更著③风和雨。

无意④苦⑤争春⑥，一任群芳⑦妒。零落成泥碾作尘，只有香⑧如故。

## 注释

① 驿外断桥边：驿馆外、残破的桥边，这里指偏僻荒凉之地。
② 无主：没有人管束，形容孤寂落寞之情莫名出现、不能消失。
③ 著：同"着"，遭遇、承受。
④ 无意：不想。
⑤ 苦：艰苦，费尽心思。

⑥ 争春：与百花斗艳，这里暗喻争夺权力。

⑦ 群芳：百花，这里暗喻政敌。

⑧ 香：梅花的芳香，这里暗喻词人坚毅、不屈不挠的高尚品格。

## 赏析

陆游一生爱国，希望朝廷能主战抗金，但朝廷偏安南方，朝廷主和派始终是抗金的重要阻力。在这首词中，陆游以梅寄志，表达了自己对主和派的抗争。

上阕描写了梅花艰苦的生存环境。梅花生长在驿馆外、断桥边这种环境偏僻、荒凉的地方，黄昏日落，梅花独自忧伤，又遭受风雨侵袭，生存艰难。

下阕歌颂了梅花的高尚品格。梅花的生存环境虽艰苦，但它并不想费尽心思与其他花争奇斗艳、争得春光，它只默默傲立枝头，却遭到百花嫉妒，纵然花瓣凋零化为泥土，但梅花的清香却能永久地留下。

陆游在词中看似写梅花，实则是在写自己。梅花的艰苦生存环境暗喻了自己的仕途不顺；梅花"独自愁"，其实是自己在忧愁；梅花被"群芳妒"，暗喻自己在朝中受到排挤；梅花"香如故"，暗喻自己不改爱国志向，表达了自己面对政敌打压不屈不挠的态度。

# 木兰花·立春日作

陆游

三年流落巴山①道,破尽青衫②尘满帽。身如西瀼③渡头云,愁抵瞿唐④关上草。

春盘春酒年年好,试戴银幡⑤判醉倒⑥。今朝一岁大家添,不是人间偏我老。

注释

① 巴山:大巴山,这里指四川地区。
② 青衫:宋代低级官员的官服颜色为青色。
③ 西瀼:水名,这里指四川一带。
④ 瞿唐:瞿塘峡,是长江三峡之一,这里指代夔州地区。
⑤ 幡:宋代立春时节士大夫所佩戴的一种旗子装饰。
⑥ 判醉倒:指甘愿一醉方休。

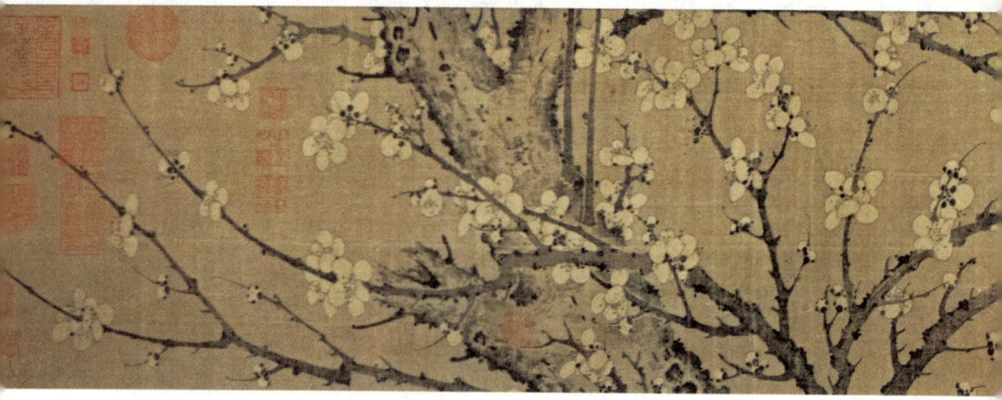

宋　王岩叟　《梅花诗意图》

## 赏析

南宋时期的夔州一带地理位置偏僻、自然环境恶劣,陆游在夔州任职期间,常常忧虑伤怀。这首词正作于陆游在夔州通判任上的一年立春日。

"三年"点明了词人不得志的时间之久,"流落"点明了词人自认为所处境地并不好。官服残破、官帽覆尘,显然是长久不穿戴的缘故,暗喻不受重用已多年。词人以"渡头云""关上草"自比身心状态,漂泊、愁苦、五味杂陈。

立春日的节令美食与美酒"年年好",可惜词人的仕途却没有任何改善,与其愁苦,不如融入这节日氛围中一醉方休,春日之后人间人人都年长一岁,并非词人自己增添衰老之态。词人的愁苦无处抒发,便只能以这样的想法来安慰自己。

此词叙事直白,情真意切,展现了一个穷困潦倒、头戴银幡、醉态十足的落魄官员形象。这样的形象多少有些不修边幅,却是陆游政治失意、苦闷忧愁心理的外显,令人顿感悲凉。

# 秋波媚·七月十六晚登高兴亭望长安南山①

陆游

秋到边城角声哀,烽火照高台②。悲歌击筑③,凭高酹酒④,此兴悠哉。

多情谁似南山月,特地暮云开。灞桥⑤烟柳,曲江池馆⑥,应待人⑦来。

① 登高兴亭望长安南山:高兴亭在南郑(今陕西汉中),长安南山当时被金人占领。
② 高台:这里指高兴亭。
③ 筑:古代的一种乐器。
④ 酹酒:将酒洒在地上,一种祭祀仪式。

⑤灞桥：位于今陕西西安，是人们送别友人、折柳送别的地方。
⑥曲江池馆：位于长安城内，是长安名胜。
⑦人：包括词人在内的宋军。

## 赏析

这首词作于陆游在南郑任幕僚期间，彼时的陆游位于边关前线，能切身感受戍边生活。

这首词的整体情感基调是欢快激昂的。词人在开篇描写了边关的秋色和战斗氛围。秋意已至，军号声声哀鸣，烽火映照着高兴亭，词人击筑高歌，洒酒为祭，祭奠北方失去的国土和战争中战死的将士，畅想收复山河的兴致高涨。紧接着，词人移情于景，畅想收复失地。明月推开层层积云，照耀故土，就像南山上空的明月那样，在长安灞桥的如烟翠柳下、在长安曲江池畔的楼阁边，正等着大宋的将士们收复失地凯旋。

尽管边关荒凉、戍边艰苦，但登高望远心旷神怡，尤其是遥望着被金人占领的区域时，心中收复山河的心情便异常激动。从"此兴悠哉"到随后的想象内容，过渡自然，乐观笃定，词人坚信，故土的"南山月""暮云""灞桥""烟柳""曲江""池馆"及被金人占领区域的百姓，都在期盼着国家收复失地的那一天。

全词欢乐的情绪溢于言表,充分地表达了词人渴望收复失地的心情及浓烈的爱国情怀。

## 渔家傲·寄仲高[①]

陆游

东望[②]山阴[③]何处是?往来一万三千里[④]。写得家书空满纸。流清泪,书回已是明年事。

寄语红桥[⑤]桥下水,扁舟何日寻兄弟?行遍天涯真老矣。愁无寐,鬓丝几缕茶烟[⑥]里。

注释

① 仲高:陆游的堂兄陆升之,字仲高。
② 东望:写这首词时,陆游任荣州(今四川省自贡市荣县)代理州事,

故乡山阴在荣州以东,故称东望。
③ 山阴:陆游的家乡,位于今浙江省绍兴市。
④ 一万三千里:非确数,指路途遥远。
⑤ 红桥:桥名,位于山阴。
⑥ 茶烟:煮茶时升腾的水蒸气。

## 赏析

　　陆游在四川任职,离开家乡已经多年,仕途的不得志和生存的艰苦令他思乡之情渐浓。这首词是陆游寄赠给堂兄的思乡之作,表达了他的思乡情浓。

　　上阕写词人遥望家乡、不见家乡,只能书信往来寄托思乡之苦。向东遥望家乡,家乡距离任职之所路途遥远,家书上密密麻麻写满了相思之语,思乡的眼泪止不住地流,今日寄出家书,恐怕要到来年才能收到回信。

　　下阕写对堂兄的思念和虚度光阴的不甘。词人在信中询问家乡的小桥流水,不知道自己何时才能返乡见到兄弟,词人远离家乡多年,走过了许多地方,随着年岁的增长,越来越思念家乡,满头白发的自己只能独自看着茶烟袅袅,感慨虚度光阴。

　　这首词格调凄婉,用语清丽,情感细腻,思乡之情与老大无成的遗憾相互交织，却并不落入消极情绪的窠臼，而是落在象征闲适的"茶烟"意象中，伤感但不消极，在创作手法和心境上均富有一定的新意。

## 诉衷情·当年万里觅封侯

陆游

当年万里觅封侯[1]。匹马戍梁州[2]。关河梦断何处？尘暗旧貂裘[3]。

胡[4]未灭，鬓先秋[5]。泪空流。此生谁料，心在天山[6]，身老沧洲[7]！

**注释**

[1] 万里觅封侯：指奔赴万里外的战场，去上阵杀敌建功立业。引自《后汉书》中班超"立功异域，以取封侯"的志愿。

② 梁州：治所在南郑，陆游参加四川宣抚使幕府所在地。

③ 尘暗旧貂裘：貂裘上落满灰尘，这里指不被重用。引用苏秦典故，苏秦游说秦王"书十上而说不行，黑貂之裘敝，黄金百斤尽，资用乏绝，去秦而归"（《战国策》）。

④ 胡：这里指入侵宋的金人。

⑤ 秋：染上秋霜，指头发花白。

⑥ 天山：祁连山，指边境。

⑦ 沧洲：滨水之地，常喻隐士居所，这里是指陆游的家乡。

## 赏析

　　陆游晚年闲居家乡山阴，回忆自己当年在南郑的军旅生活时，写下这首词。

　　上阕开头以"当年"二字引出回忆，开始遥想当年远赴战场杀敌、单枪匹马守护边关的豪迈情景，接着话锋一转，点明保国戍边的边关美梦已经没有了，远征时曾穿过的貂裘落满了灰尘，军旅生活已是陈年旧事。

　　下阕进一步描写了想象与现实之间的落差。在南郑的军旅生活虽然短暂，却是词人为数不多的荣耀时刻。如今报国之心仍在，但岁月催人老，转眼进入暮年，身体已衰老，空有报国之心，奈何心有余而力不足。英雄暮年，壮志难酬，词人只能"泪空流"，进而发出"心在天山,身老沧洲"的无力呐喊。

这首词苍劲有力,将词人报国无门的悲愤之情表现得淋漓尽致,感人至深。

## 诉衷情·青衫初入九重城

陆游

青衫①初入九重城②,结友尽豪英。蜡封③夜半传檄④,驰骑谕⑤幽并⑥。

时易失,志难成,鬓丝生。平章风月⑦,弹压⑧江山,别是功名。

注释

① 青衫:宋代不同级别的官员穿不同颜色的官服,低级别官员的官服为青色。

② 九重城：古代以九为尊，这里指南宋都城临安（今浙江杭州）。
③ 蜡封：文书写好，用蜡油封装以示保密。
④ 檄：檄文，古代的一种文书。
⑤ 谕：传递、传告。
⑥ 幽并：幽州、并州，指金国占领区。
⑦ 平章风月：写文章赏评风月，指写一些表达闲情逸致的文章。
⑧ 弹压：指点。

## 赏析

这是陆游的一首怀古伤今之作，抒发了陆游当下不得志的失落之情。

上阕回忆往昔。陆游早年任职临安，虽然官职级别不高，但结交的都是京都、朝廷的英雄豪杰，与这些人共事更激发了陆游的报国之志，陆游勤于政事，连夜写好加密文书，心中充满了无限的报国热情，他渴望收复失地，渴望了解失地民情，虽身居京都，但心常常随发出的文书奔赴中原，这样的岁月和往事让陆游十分怀念。

下阕感慨当下。陆游仕途不顺，与耿直谏言、力主抗金有莫大的关系，但陆游爱国的初心始终没有改变，他渴望能为大宋收复旧山河，但现实情况却是白发已生，壮志难酬，只能赋闲在家"平章

风月",也算是另一种指点江山了。

得意与失意,写山水游记与收复山河,对比鲜明,这样的指点江山,显然与陆游心中真正的指点江山是有很大的区别的,行文之间,有失落,也有无奈。

# 范成大

范成大（1126—1193年），字至能、幼元，号此山居士、石湖居士，世称范文穆，平江府吴县（今江苏苏州）人，南宋文学家、书法家、官员。范成大自幼读书、善作诗文，进士及第后入仕，为官政绩突出。其诗词、书法造诣均较高，其中词作题材丰富、风格多样。

## 水调歌头·细数十年事

范成大

细数十年事,十处过中秋。今年新梦,忽到黄鹤旧山头。老子个中不浅①,此会天教重见,今古一南楼。星汉淡无色,玉镜独空浮。

敛秦烟,收楚雾,熨江流②。关河离合③,南北依旧照清愁。想见姮娥④冷眼,应笑归来霜鬓,空敝黑貂裘⑤。酾酒⑥问蟾兔⑦,肯去伴沧洲⑧。

注释

① 老子个中不浅:老子即"我",是一种比较豪放的自称。此句引自《世说新语》中东晋庾亮与友人登楼宴饮:"老子于此处兴复不浅"之句,意指兴致高涨。

② 熨江流：熨指熨平，这里指江水平静。

③ 关河离合：指山河破碎，南方与北方分裂。

④ 姮娥：嫦娥。

⑤ 空敝黑貂裘：喻指收复山河的愿望难以实现。引用《战国策》中的典故，苏秦游说秦王"书十上而说不行，黑貂之裘敝，黄金百斤尽，资用乏绝，去秦而归"(《战国策》)。

⑥ 酾酒：斟酒。

⑦ 蟾兔：月中的蟾蜍与玉兔，这里指月亮。

⑧ 沧洲：滨水的地方，这里指词人的家乡。

## 赏析

这是一首写尽颠沛流离的词作，尽管诉说悲愁，但豪情不减。

上阕赏月回忆往昔。词人命途多舛，十年间在十个地方过中秋，今逢中秋佳节，词人认为不如学当年庾亮与好友欢聚畅饮的情景，也在南楼宴饮赏月，一醉方休。

下阕由月色写到国家山河。下阕承接上阕，从望月到望江，从赏江河到叹山河，过渡自然。江北、江南两岸烟雾散去，江水平静，山河分崩离析，月光照耀下，两岸共愁。词人想，月中的嫦娥一定会冷眼嘲笑他白发东归、壮志难酬，举杯邀明月，不知明月是否能与词人结伴回乡。

词人将自己的思乡之情与金人侵犯下的南北两地人们的思乡情糅合在一起,以个人之愁见国家之难,意味深长。再加上词中对星月、江河景物的深远意境的描绘,大大提升了词的魅力。

## 忆秦娥·楼阴缺

范成大

楼阴缺①,阑干影卧东厢月②。东厢月,一天③风露,杏花如雪。

隔烟④催漏金虬⑤咽,罗帏⑥黯淡灯花结⑦。灯花结,片时春梦,江南天阔。

注释

① 楼阴缺:没有被树荫遮住的楼阁的一角。

② 东厢月：照着东厢房的月亮。

③ 一天：满天，指整个天空。

④ 烟：雾。

⑤ 金虬：铜龙，古代用于滴水计时的龙形铜漏。

⑥ 罗帏：罗帐，这里指闺房。

⑦ 灯花结：蜡烛燃烧时灯芯散成花朵状，预示好事将近。

## 赏析

这是一首闺怨词，描写了一位闺中少妇在月夜怀人的一幕。

词的上阕写楼外夜景。在一个明朗的月夜，树荫遮不住的楼阁上，栏杆的影子静静地横卧在地上，东厢房上空明月朗照，满天清冷，杏花在月辉下洁白如雪，景色凄美柔和。

词的下阕写闺中愁思。闺中少妇怀人之情浓郁，夜不能寐，此时隔着厢房内香薰升腾的烟雾，能清楚地听到铜龙滴水的声音，时光缓缓流淌、烛光摇曳、帷幕昏暗，烛芯结了花，以为好事将近，却空有短梦。如此幽静的环境，更增添愁苦之情。

本词语言优美、韵律和谐，一字一句、一景一物，娓娓道来，给人一种岁月静好又凄美哀怨之感。有人认为此词作于词人病中，因词人的家乡、南宋都城均在江南，故词人借少妇怀人来寄托自己思乡亦忧国之情，进一步丰富了这首词的情感内涵。

## 蝶恋花·春涨一篙添水面

范成大

春涨一篙①添水面。芳草鹅儿,绿满微风岸。画舫②夷犹③湾百转,横塘④塔近依前远。

江国⑤多寒农事晚。村北村南,谷雨⑥才耕遍。秀麦连冈桑叶贱,看看⑦尝面收新茧。

**注释**

① 篙:撑船的竹竿或木杆。
② 画舫:彩船,这里指装饰华丽的船。
③ 夷犹:犹豫迟疑不前,这里指船的行进速度很慢。
④ 横塘:苏州的一处池塘。
⑤ 江国:江南水乡。

⑥谷雨：二十四节气之一，在每年公历的4月份。
⑦看看：转眼间。

## 赏析

范成大闲居家乡苏州时，看到家乡春天时的田园美景十分欢喜，遂写下这首词，记录恬淡闲适的生活。

词的上阕写春江春景，下阕写水乡农事。江南的春天，江水涨了许多，一片生机，有嫩黄的鹅儿、青翠的草，微风里带着草的清香。游船在江中缓缓行进，千回百转，横塘的塔一会儿近一会儿远。词人一路游览，看到了江景，也看到了田园景色，于是从江景聊到农事。江南的农事活动开展得较晚一些，谷雨时节才开始耕地，不过岗上的春麦过不了多久就秀穗了，桑树的叶子很快就茂盛到需要低价贩卖，转眼间就可以吃到新麦磨的面、收获新出的蚕茧了。

词中提到的景物非常多，江水、芳草、鹅儿、微风、画舫、横塘、高塔，构成生机勃勃的春江图；春麦、山冈、桑树、蚕茧，构成一幅紧凑忙碌的农事图。这两幅图充满了自然美景与人间烟火，勾勒出一幅宁静和谐、绚丽多彩、独具特色的江南水乡画面，可见词人对江南水乡的喜爱及对当下闲适生活的享受。

宋　郭熙　《早春图》

# 杨万里

杨万里（1127—1206年），字廷秀，号诚斋、诚斋野客，吉州吉水（今江西吉安吉水县）人。南宋文学家、诗人、词人、官员。杨万里早年勤奋好学，多次拜人为师，后进士及第入仕，对金主战，为官清正，指摘时弊，因不受重用，后辞官归隐，幽居不出。杨万里的诗词题材丰富、清新自然、意味无穷，自成一家。

## 昭君怨·咏荷上雨

杨万里

午梦扁舟花底,香满西湖烟水①。急雨打篷②声,梦初惊。

却是池荷跳雨,散了真珠③还聚。聚作水银窝,泻④清波。

**注释**

① 烟水:湖面上细密如烟的水汽。
② 篷:船篷。
③ 真珠:即珍珠。
④ 泻:指聚集的雨水从荷叶上流下来。

## 赏析

杨万里是一位对景物观察细致入微的文学大家,这首词描写了词人夏日午睡后赏荷的妙趣。

词的上阕从一场美梦开始写起。夏日的午后,词人梦到自己乘着小船泛舟西湖,小船划到荷花深处,周围香气四溢,湖面水汽如烟。猛地听见雨水滴落在船篷上,词人从梦中惊醒。

词的下阕写梦醒后的所见所闻。原来梦中雨打船篷的声音,是雨水落在荷叶上的声音,雨水不断落在庭院里小池内的荷叶上,雨滴忽散忽聚,一会儿像断了线的珍珠四处迸射,一会儿又像晶莹剔透的水银聚在叶心,忽地,清澈的雨水又从荷叶上倾泻而下。

从梦中赏荷到现实中赏荷,梦境与现实交织,为这首词增添了许多奇趣。对于骤雨惊扰美梦,词人并不嗔怒,而是顺着梦中的雨声找到了现实中的雨声,继而发现了雨水在荷叶上的奇妙之旅。词人对雨水在荷叶上的动态变化观察得非常仔细,并将这些变化描写得细腻生动,整首词充满了生活情趣。

# 张孝祥

张孝祥（1132—1170年），字安国，号于湖居士，历阳乌江（今安徽和县）人，南宋词人、书法家、官员。张孝祥年少家贫，勤学苦读，后状元及第，为官清正，任职地方时颇有政绩，曾上书为岳飞辩冤，力主抗金，后因病英年早逝。张孝祥擅长文、诗、词的创作，在词上尤有建树，其词风不拘一格，有含蓄的闺怨词，也有豪放的爱国之作。

# 水调歌头·金山观月

张孝祥

江山自雄丽,风露与高寒①。寄声月姊②,借我玉鉴③此中看。幽壑鱼龙悲啸,倒影星辰摇动,海气④夜漫漫。涌起白银阙⑤,危驻紫金山⑥。

表独立,飞霞佩,切云冠⑦。漱冰濯雪,眇视⑧万里一毫端。回首三山⑨何处,闻道群仙笑我,要我欲俱还。挥手从此去,翳凤⑩更骖鸾⑪。

## 注释

① 高寒:指月亮。
② 寄声月姊:指托人给月中的仙子传话。

③ 玉鉴：玉镜，镜子的雅称。

④ 海气：江面上的雾气。

⑤ 白银阙：银白色的宫殿。

⑥ 紫金山：山名。

⑦ 表独立，飞霞佩，切云冠：这里指头戴华丽的高冠，以飞霞为玉佩，超然独立。这里意在表现词人的飘然出尘。

⑧ 眇视：仔细地看。

⑨ 三山：传说中的海上神山，即蓬莱、方丈、瀛洲。

⑩ 翳凤：乘凤或乘坐凤羽装饰的车。

⑪ 骖鸾：乘着鸾鸟。

## 赏析

张孝祥在乘舟路过金山时，夜观月下江景，月色梦幻、江景美好，于是写下了这首充满想象力和浪漫主义色彩的词作。

上阕写眼前实景。江山壮丽多娇，有微风、露水和明月相伴，想寄语月中仙子，借玉镜照看这美丽的江景。深谷鱼龙长啸，水面星影摇动，江雾弥漫，月辉朗照，紫金山上的建筑如仙宫般晶莹剔透。

下阕写想象之景。词人想象着同仙人一样，在如冰雪般洁白的月光中,俯瞰山川大地,回首遥望仙山上的群仙,他们想邀词人同游,但词人乘凤驾鸾,挥手告别群仙,飘然而去。

　　词中以虚实结合的艺术表现手法,对月夜中的奇幻江景的描述构思独特,充满浪漫色彩。同时阐明仙境虽好,但词人更乐于在人间游历,尽显其豪放自在、自得其乐的心态和超然脱俗的形象。

# 辛弃疾

辛弃疾（1140—1207年），字幼安，号稼轩居士，历城县（今山东济南历城区）人，南宋文学家、词人、官员、将领。辛弃疾出生在被金人占领的北方地区，少年时曾参加反金起义，后率表归宋，驻守地方时政绩卓越，力主抗金，但屡受主和派的弹劾，最终抱憾而终。辛弃疾的词充满了家国情怀，多慷慨悲壮、壮丽豪放之作，景物描写亦生动细腻，有"词中之龙"的美誉，并与苏轼合称"苏辛"，与李清照并称"济南二安"。

## 永遇乐·京口①北固亭怀古

辛弃疾

千古江山,英雄无觅,孙仲谋②处。舞榭歌台,风流总被,雨打风吹去。斜阳草树,寻常巷陌,人道寄奴③曾住。想当年,金戈铁马,气吞万里如虎。

元嘉草草④,封狼居胥⑤,赢得⑥仓皇北顾。四十三年⑦,望中犹记,烽火扬州路。可堪回首,佛狸祠⑧下,一片神鸦社鼓。凭谁问:廉颇老矣,尚能饭否⑨?

注释

① 京口:今江苏省镇江市。
② 孙仲谋:三国时期的孙权,字仲谋,定都京口。

③ 寄奴：南北朝时期宋朝开国皇帝刘裕，小名寄奴。

④ 元嘉草草：此句用典，元嘉是刘裕之子刘义隆的年号，刘义隆仓促北伐，失败而归。这里指南宋"隆兴北伐"失败。

⑤ 封狼居胥：此句用典，汉武帝时期，霍去病远征匈奴，在狼居胥山（今蒙古国境内）上祭祀。这里指刘义隆多次北伐均失败，被北魏太武帝拓跋焘率军逼退至长江南。"封"意为"祭祀"。

⑥ 赢得：落得，这里有讽刺之意。

⑦ 四十三年：指辛弃疾率表南归到创作本词时的时间。

⑧ 佛狸祠：北魏太武帝拓跋焘在长江北岸的行宫。拓跋焘小名佛狸。

⑨ "廉颇"二句：赵王想重新起用被免职的廉颇，廉颇"为之一饭斗米，肉十斤，被甲上马，以示尚可用。"（《史记》）使者虚假回报赵王，赵王以为廉颇已年老不能作战，便不再用廉颇。

## 赏析

时值辛弃疾任镇江知府，镇江自古就是军事重镇，辛弃疾登高览胜怀古，想到南宋北伐失败、收复失地的志愿落空，遂写下这首词。

本词从眼前景物描写入手追忆往事，赞颂古人功绩，继而讽刺当局。词人所驻守的镇江是昔日战火纷飞的战场，曾有孙权、刘裕这样的英雄豪杰，自古以来，人们都有霍去病"狼居胥山"的志气，最终却落得刘义隆"仓皇北顾"的惨痛结局，词人怀古伤今，以"廉颇老矣"暗喻自己也已经年老，当下局势又十分复杂，恐怕再没有机会受到朝廷重用去北伐、实现收复北方失地的夙愿了，充分展现了理想与现实的纠葛与落差。

　　这首词情感饱满、悲壮。字里行间充满了对英雄迟暮、山河破碎的悲痛。北伐收复失地是辛弃疾一生的夙愿，而南宋积贫积弱，朝廷北伐意愿不强，隆兴北伐过程曲折，因军队内部将领矛盾、用兵不当，导致北伐最终失败。再次组织北伐遥遥无期，这无疑让辛弃疾感到北伐无望。

## 南乡子·登京口北固亭有怀

辛弃疾

　　何处望神州[①]？满眼风光北固楼[②]。千古兴亡多少事？悠悠。不尽长江滚滚流。

　　年少[③]万兜鍪[④]，坐断东南[⑤]战未休。天下英雄谁敌手？曹刘。生子当如孙仲谋[⑥]。

## 注释

① 神州：这里指被金人统治管辖的中原地区。
② 北固楼：即北固亭。
③ 年少：指孙权年轻时就统治江东。
④ 兜鍪：兵士的头盔，这里指士兵。
⑤ 坐断东南：三国时期，吴国坐镇东南方。
⑥ 曹刘。生子当如孙仲谋：指天下英雄唯有曹操、刘备是孙权的敌手。曹操曾赞叹孙权英勇："生子当如孙仲谋"。

## 赏析

　　辛弃疾驻守镇江时，时常到北固亭登高望远，俯瞰镇江，北望故土，遥想镇江往事，并创作了不少饱含爱国深情的词作，这首词就是其中一首。

　　这首词采用问答的形式铺叙，环环相扣。一问什么地方能看到中原？回答说，北固楼上风景虽好，但是看不到中原故土。二问从古至今，国家兴亡的大事发生了多少？接着回答，年代久远，实在数不尽，朝代更迭不断，只有长江水依旧滚滚东流，感慨古今兴衰变换。三问天下英雄谁是孙权的敌手？接着回答，孙权十九岁就接管父兄大业，坐镇东南，不曾向其他地方势力低头，放眼当时只有曹操和刘备可以与孙权抗衡，曹操对孙权称赞有加，曾说"生子当如孙仲谋"。

辛弃疾在词中歌颂孙权不畏强敌，称霸一方，他希望偏安南方的南宋朝廷也能不畏惧金人，挥师北伐收复中原失地，表达了其对金主战的政治态度，以及希望山河统一的宏伟志愿。

## 青玉案·元夕①

辛弃疾

东风夜放花千树。更吹落、星②如雨。宝马雕车③香满路。凤箫④声动，玉壶⑤光转，一夜鱼龙舞⑥。

蛾儿雪柳黄金缕⑦。笑语盈盈暗香去。众里寻他⑧千百度。蓦然⑨回首，那人却在，灯火阑珊⑩处。

## 注释

① 元夕：元宵节，此夜称元夕或元夜。
② 星：焰火。
③ 宝马雕车：名贵的马拉着有精美雕饰的马车。
④ 凤箫：精美的箫，这里指街巷歌舞精彩、十分热闹。
⑤ 玉壶：这里指月亮或元宵节的各种花灯。
⑥ 鱼龙舞：指人们举着鱼形、龙形彩灯逛街玩耍。
⑦ 蛾儿、雪柳、黄金缕：古代女子在元宵的节日装饰。
⑧ 他：同"她"，指意中人。
⑨ 蓦然：突然。
⑩ 阑珊：暗淡、零落、稀疏的样子。

## 赏析

　　这是辛弃疾在元宵节创作的一首词，描写了元宵佳节灯火璀璨、游人如织的节日盛况。

　　上阕写景。词人对元宵节花灯的描写充满了丰富的想象，花灯繁多璀璨，宛如春风吹开千树梨花，又如雨点般密集的星辰落入凡间，大街小巷到处都是宝马、香车、香气、歌舞，明月当空，各种花灯欢快地游弋，整夜狂欢。

下阕写人。女子们盛装打扮，笑语盈盈、香气四溢，让人眼花缭乱，想找寻的人瞬间淹没于人群中，千百次眺望回首怎么也找不到，一转身却猛然看见她正静静伫立在灯火稀疏的地方。

整首词用词华丽，艳而不俗，场景描述动静结合，富有想象，意境绝妙，所营造的时空流转的慌乱寻觅与偶然回头的刹那相见，令人惊喜、回味无穷。

# 破阵子·为陈同甫[1]赋壮词以寄之

辛弃疾

醉里挑灯[2]看剑，梦回吹角连营[3]。八百里[4]分麾下炙[5]，五十弦[6]翻塞外声，沙场秋点兵[7]。

马作的卢[8]飞快，弓如霹雳弦惊。了却君王天下事[9]，赢得生前身后名。可怜[10]白发生！

## 注释

① 陈同甫：辛弃疾的好友，名陈亮，字同甫。
② 挑灯：把蜡烛的烛芯挑亮，使烛光更亮。
③ 吹角连营：军营中接连吹响的号角，这里指军营。
④ 八百里：《世说新语》中记载，晋王恺有良牛，名"八百里驳"，这里以"八百里"指牛。
⑤ 分麾下炙：分赏给部下。麾下指部下，炙指切碎的肉。
⑥ 五十弦：泛指军中乐器。
⑦ 点兵：检阅军队。
⑧ 的卢：三国时期刘备的马，曾救刘备性命，这里指良马。
⑨ 了却君王天下事：完成统一国家、收复中原的大事。
⑩ 可怜：可惜。

## 赏析

辛弃疾立志收复中原，但在南宋朝廷中屡次被弹劾、不得重用，这首词表达了辛弃疾年老闲居的遗憾。

词人以战场杀敌为宏愿,首句"醉里挑灯看剑"点明当下的状态,在深夜饮酒解忧,挑灯看剑,继而引出出征美梦。梦中万里征战,军营的号角正接连吹响,战士们分吃着鲜美的烤牛肉,军乐振奋,秋高马肥,军队整装待发。沙场点兵后,紧接着就是将士出征的场景,战马如的卢般飞驰,弓弦声响如霹雳,出征的将士们为了完成统一国家、收复中原的大事,留下千古美名而出生入死。这是何等荣耀之事,"可怜白发生"一句将词人的美梦打破,可惜词人年事已高,恐怕再没有机会报效国家。

首句点出愁绪,引入梦境,末句打破美梦,愁绪更浓。全词将从军报国心愿与恢宏的出征梦境相结合,使收复中原的理想与失意的现实相结合构成强烈的艺术反差。

## 西江月·夜行黄沙[①]道中

辛弃疾

明月别枝惊鹊,清风半夜鸣蝉[②]。稻花香里说丰年,听取蛙声一片。

七八个星天外[③],两三点雨山前[④]。旧时茅店[⑤]社林[⑥]边,路转溪桥忽见[⑦]。

## 注释

① 黄沙：山名，黄沙岭，在今江西省上饶市。
② 鸣蝉：蝉鸣，指蝉在鸣叫。
③ 七八个星天外：指天空阴暗，星星稀疏。
④ 两三点雨山前：指山前下起小雨。
⑤ 茅店：简朴的客店。
⑥ 社林：土地庙附近的树林。
⑦ 见：显现，同"现"。

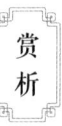

## 赏析

这首词作于辛弃疾闲居上饶期间。黄沙岭的山水田园风景非常优美，辛弃疾留恋此处风景，写下一系列赏景词，这首词便是其中一首歌颂田园丰收之作。

词人对大自然的感知是非常敏感的，月夜的田间尽是大自然的寂静与喧闹，明月、清风、稻花香、鹊飞、蝉鸣、蛙叫，这些鲜活的景物勾勒出一幅和谐、美好的田园夜景。天边星光稀疏，山前细雨绵绵。词人沉醉在丰年的喜悦当中，雨下到眼前才想起避雨，绕过小溪，走上小桥，恰巧看见土地庙丛林旁的茅店，正是旧日熟悉的那个茅店。

辛弃疾对于农人的丰收感到欣慰，用视觉、触觉、嗅觉、听觉等多感官感受丰年的美好，丰收的田园，或晴或雨，都是好的。从慌忙避雨到"忽见"旧时茅店，是丰年之上的又一重惊喜，又从侧面反映了辛弃疾对于丰年的喜爱，构思独特巧妙，饶有趣味。

## 丑奴儿·书博山①道中壁

辛弃疾

少年②不识③愁滋味,爱上层楼④。爱上层楼,为赋新词⑤强说愁。

而今识尽愁滋味,欲说还休。欲说还休,却道"天凉好个秋"!

### 注释

① 博山:山名,在今江西省内。
② 少年:年轻的时候。
③ 不识:不懂。
④ 爱上层楼:喜欢上高一层的楼,指登高望远。
⑤ 为赋新词:想要写出新的诗词。

## 赏析

　　这是一首诉说愁绪的词作。辛弃疾通过往昔与今日、少年与老年的对比，道出了不同时期对愁的人生态度。

　　上阕写少年之愁。少年时不懂什么是忧愁，喜欢登高赏景，为了写出新的词作，勉强说愁。"爱上层楼"连用，不仅在韵律上形成一种连续，更起到承接上下文的作用。第一个"爱上层楼"是不知愁的表现，因为没有愁，所以有赏玩兴致；第二个"爱上层楼"是强说愁的原因，因为无愁可写，所以勉强说愁。

　　下阕写老年之愁。词人以"而今"二字从描写少年时期转到描写老年时期。随着年龄的增长，经历了许多人和事后，尝尽了忧愁的滋味，想说愁却不说，只淡然地谈论一下天气。老年时期的词人是满怀愁绪的，却无法言说，并非不想说，而是说了也无用，不如不说，体现了词人的无助。

　　辛弃疾晚年闲居，但始终心系家国，少年时期总想着山河总有收复日，可官场起伏数载，一腔报国之心不被重视，一身报国本领始终无法施展，这样的忧愁又怎么能用三言两语说尽呢，又能与谁说呢，索性不说也罢。全词用语简明，情感浓稠，言浅意深。词中少年与老年对忧愁的不同态度，一直是后人讨论的亮点，引发许多人的共鸣。

# 清平乐·村居

辛弃疾

茅檐低小，溪上青青草。醉里吴音①相媚好②，白发谁家翁媪③？

大儿锄豆④溪东，中儿正织⑤鸡笼。最喜小儿亡⑥赖，溪头卧⑦剥莲蓬。

注释

① 吴音：吴地方言。当时辛弃疾在信州（今江西省上饶市）。
② 相媚好：相互取乐。
③ 翁媪：老翁、老妇。
④ 锄豆：锄掉豆苗中间的草。
⑤ 织：编织。

⑥亡：通"无"。

⑦卧：趴着。

## 赏析

辛弃疾的田园词作词风清丽、节奏流畅，这首词在其田园词作中颇具代表性。

上阕重点写景。茅屋的屋檐又低又小，茅屋前的溪边的小草细小碧绿，不远处传来浓浓的吴地方言，这是典型的农家居住环境，自然淳朴，让人感到十分亲切。

下阕重点写人。承接上阕结尾的提问，对白发老人的家人一一进行了描写，大儿子在溪东除草，二儿子正在编织鸡笼，调皮的小儿子正趴在溪头剥莲蓬。家庭成员的不同动作形态构成三幅相对独立又十分和谐的农家生活画面，充满了生活气息。

辛弃疾笔下的田园总是充满了祥和、温馨与欢乐。也正是因为辛弃疾对田园生活的喜爱，才成就了他笔下充满诗情画意的田园词。

## 摸鱼儿·更能消几番风雨

辛弃疾

淳熙己亥,自湖北漕①移湖南,同官王正之②置酒小山亭,为赋。

更能消、几番风雨,匆匆春又归去。惜春长怕花开早,何况落红无数。春且住!见说道、天涯芳草无归路。怨春不语。算只有殷勤,画檐蛛网,尽日惹飞絮。

长门事③,准拟佳期又误。蛾眉曾有人妒。千金纵买相如赋,脉脉此情谁诉?君④莫舞!君不见、玉环飞燕⑤皆尘土。闲愁最苦。休去倚危栏⑥,斜阳正在,烟柳断肠处。

## 注释

① 漕：漕运使，掌管水上粮运的官。
② 王正之：辛弃疾的好友。
③ 长门事：汉代长门宫，汉武帝的陈皇后失宠后幽闭在长门宫，司马相如作《长门赋》帮助陈皇后复宠。
④ 君：指善妒之人。
⑤ 玉环飞燕：杨玉环、赵飞燕，貌美善妒。
⑥ 危栏：高楼上的栏杆。危指楼高。

## 赏析

辛弃疾从湖北调任到湖南，官职仍为转运副使，同僚送别，在饯别宴上写下此词。

上阕惜春景将逝。几经风雨，春天就要离去，词人是爱春之人，疼惜花会早开早败，希望可以留住春天，可是春天并不理会，让词人不免心生怨言。以蜘蛛"殷勤"织网留春，暗喻词人为国家之事积极筹划，奈何得不到回应。

下阕惜美人迟暮。陈皇后阿娇遭人妒，失宠误佳期，纵使花费重金买下名赋，但一腔深情仍无处倾诉。词人同情阿娇，规劝得宠者不必忘形，古来得宠善妒者终会化为尘土。以"蛾眉曾有人妒"的深宫之事，暗喻词人遭受排挤，官职调来调去，始终不得重用之事。

整首词借景、借事抒怀，含蓄地表达了对自身经历的哀怨惆怅。

## 水龙吟·登建康①赏心亭

辛弃疾

楚天②千里清秋，水随天去秋无际。遥岑③远目，献愁供恨，玉簪螺髻④。落日楼头，断鸿⑤声里，江南游子。把吴钩⑥看了，阑干拍遍，无人会、登临意。

休说鲈鱼堪脍⑦，尽西风，季鹰⑧归未？求田问舍，怕应羞见，刘郎才气⑨。可惜流年，忧愁风雨，树犹如此⑩。倩⑪何人，唤取红巾翠袖⑫，揾⑬英雄泪。

## 注释

① 建康：今江苏省南京市。

② 楚天：南方的天空，南方古属楚国。

③ 遥岑：远山。

④ 玉簪螺髻：指山像发簪发髻一样高低起伏。

⑤ 断鸿：失群的孤雁。

⑥ 吴钩：吴地生产的一种宝刀。

⑦ 鲈鱼堪脍：西晋张翰想念家乡鲈鱼而辞官回乡。

⑧ 季鹰：即张翰，字季鹰。

⑨ 求田问舍，怕应羞见，刘郎才气：指许汜沉迷于买房置地，刘备怒斥许汜只顾私利而不顾国家大义。

⑩ 树犹如此：西晋桓温二次北伐见到自己之前种的柳树高大粗壮，感慨"木犹如此，人何以堪！"指时光飞逝。

⑪ 倩：音、意同"请"。

⑫ 红巾翠袖：指女子。

⑬ 揾：擦拭。

## 赏析

辛弃疾登健康赏心亭北望,想收复中原而不能的惆怅再次从心底升起,于是写下这首惆怅忧国之词。

上阕写景抒情。词人站在赏心亭中俯瞰长江,秋日的长江水从天际而来,向天际而去。远眺北方失地的崇山峻岭起伏连绵、残阳西斜、孤雁悲鸣,一片幽怨悲凉的景象,词人心中有言难诉,拍遍九曲栏杆,却没有人能理会词人登高远眺故乡的心。正所谓境由心生,词人所见皆是秋日山河凄凉之景,是因为其心系北方失地,可远望而不可到达,这才是词人所见景象悲凉的主要原因。

下阕咏怀言志。词人通过接连用典来抒发自己不能实现收复北方失地夙愿的愁苦。西晋时期的张翰想念家乡的鲈鱼,果断辞官回乡;三国时期的许汜热衷买房置地,白白消耗了大好时光,定会羞于见到忧国忧民的刘备。然而时光飞逝,树木很快就会枯老,更何况是人。词人心怀国事,但时光流逝,北伐无期,报国之心得不到回应和慰藉。

辛弃疾南渡多年,是从北方迁徙到南方的游子,他总想着有朝一日能收复北方失地,再回到家乡去,可手握宝刀却不能出鞘,然年岁渐增,英雄已老,率军抗金、收复北方失地的心愿终无法实现。辛弃疾报国无门的愁苦无人可诉、无人能懂、无人能解,爱国忧国之情真挚强烈。

宋　苏汉臣　《冬日婴戏图》

## 菩萨蛮·书江西造口①壁

辛弃疾

郁孤台②下清江水,中间多少行人泪。西北望长安③,可怜无数山。

青山遮不住,毕竟东流去。江晚正愁余④,山深闻鹧鸪⑤。

注释

① 造口:地名,位于今江西省万安县南。
② 郁孤台:山顶平台,位于今江西省赣州市贺兰山顶。
③ 长安:唐都长安,这里代指北宋都城汴京。
④ 愁余:使动用法,使我发愁。
⑤ 鹧鸪:鸟名,叫声凄苦,容易引起离愁别绪。

## 赏析

淳熙年间，辛弃疾任江西提点刑狱，往返江西造口，观长江水触景生情，遂创作了这首词。

词人通过描写"山水愁怨"来寄托自己对国家故土难收的忧和怨。郁孤台下一江清水缓缓流淌，江水不知承载了多少行人的眼泪，远眺西北方向，青山连绵，完全遮住了昔日繁华的汴京城，除了山还是山。青山虽然能遮住汴京，却挡不住流水，流水会一直向东流去。江上落日西斜，词人满怀愁绪，耳边传来鹧鸪的悲鸣。词人眼中看到的是悲景、耳中听到的是悲情，其"借水怨山"来抒发不能收复北方失地的苦闷。

这首词既有明喻也有暗喻，明喻是将江水喻为"行人泪"，暗喻是以遮住长安（这里指汴京）的"青山"比喻占领北方的金人，以"东流去"比喻宋人早晚会回到故地。全词通过比兴手法抒发爱国之情，情感低沉阴郁但又给人以壮阔、大气之感。

# 姜夔

姜夔（约1155—约1221年），字尧章，号白石道人，饶州鄱阳（今江西鄱阳）人，南宋文学家、词人、音乐家。姜夔少年时期家境贫寒，但聪颖好学，多才多艺，诗文、书法、音律无一不精，可惜屡试不第，一生未曾入仕。姜夔四处漂泊，靠卖字和朋友接济为生，与范成大、杨万里、辛弃疾多有唱和，常作词自度曲。其词题材广泛，格律严谨流畅，意境深远空灵。

## 扬州慢·淮左名都

姜夔

淳熙丙申至日,予过维扬。夜雪初霁①,荠麦弥望。入其城,则四顾萧条,寒水自碧,暮色渐起,戍角悲吟。予怀怆然,感慨今昔,因自度此曲②。千岩老人③以为有"黍离"④之悲也。

淮左名都⑤,竹西佳处,解鞍少驻初程。过春风十里,尽荠麦青青。自胡马⑥窥江去后,废池乔木,犹厌言兵。渐黄昏、清角吹寒,都在空城。

杜郎⑦俊赏,算而今、重到须惊。纵豆蔻⑧词工,青楼梦好,难赋深情。二十四桥⑨仍在,波心荡、冷月无声。念桥边红药,年年知为谁生?

## 注释

① 初霁:指雪后初晴。
② 自度此曲:指自创《扬州慢》词调。
③ 千岩老人:即诗人萧德藻,号千岩老人,姜夔曾跟他学诗。
④ "黍离":指《诗经》中表达故国之思的"黍离"名篇。
⑤ 淮左名都:指扬州。
⑥ 胡马:指金兵。
⑦ 杜郎:杜牧。
⑧ 豆蔻:出自杜牧诗句"豆蔻梢头二月初",这里指杜牧的文采。
⑨ 二十四桥:桥名。杜牧有诗句"二十四桥明月夜,玉人何处教吹箫"写扬州的繁华与浪漫。

## 赏析

姜夔游历到扬州,入扬州城,见城中风景残败,与昔日的繁华截然不同,怀古伤今,创作此词。

全词先从正面写扬州城今昔环境的巨大落差,而后又引入杜牧游扬州的韵事来表达繁华浪漫盛景不再的伤感。词人经过扬州，见到昔日繁华的十里长街变为麦田，金人过江侵袭扬州留下一片残破，"废池乔木，犹厌言兵"，更何况是人。纵使多情多才的杜牧再到扬州也会惊愕，物是人非，深情难赋。

姜夔在词中用"荠麦青青""废池乔木""清角""空城""冷月"写扬州的凋零残败，用杜牧的"惊"表现自己的"惊"，用乔木厌兵表现自己厌兵。修辞、用典、表意清冷伤感，余味无穷。

## 鹧鸪天·元夕①有所梦

姜夔

肥水②东流无尽期，当初不合③种相思④。梦中未比丹青⑤见，暗里忽惊山鸟啼。

春未绿，鬓先丝⑥，人间别久不成悲。谁教岁岁红莲夜⑦，两处沉吟各自知。

> 注释

① 元夕：元宵节。
② 肥水：淝水，在今安徽省合肥市内。
③ 不合：不应该。
④ 种相思：种下相思情，指动情。
⑤ 丹青：这里指画像。
⑥ 丝：生出白发。
⑦ 红莲夜：放红莲花灯的夜晚，这里指元宵节。

> 赏析

  这是一首表现相思的词，表达了姜夔对昔日情人的深深思念。
  上阕写相思之梦。开篇寓情于景，肥水滔滔，一直向东奔流，正如词人穿越时空的思念，永不休止。词人心想或许当初不该动情，以至于现在日夜思念情人，多年过去，梦中情人的样子已经不像画像那样清晰了，山鸟鸣叫，惊醒美梦。
  下阕写相思之苦。春天还未到，青草还未铺满大地，头发却早已花白,分别太久已不知悲伤,但每年元宵节都会生出相思和离愁,分隔两地的相思苦只有各自心里知道。

这首词的情感非常流畅自然,从相思入梦,到后悔动情;从梦中情人模样已模糊,到久别不成悲。词人怨相思,又忍不住相思,时间虽然冲淡了卿卿我我,却让思念日益浓稠,表面的冷漠淡然,遮不住内心的情浓愁苦。而词末点明"两处沉吟",说明了这样的相思之苦是双倍的、刻骨铭心的,进一步升华了相思之苦。

## 暗香·旧时月色

姜夔

辛亥之冬,余载雪诣石湖[①]。止既月[②],授简[③]索句,且征新声,作此两曲,石湖把玩不已,使工妓隶习[④]之,音节谐婉,乃名之曰:《暗香》《疏影》。

旧时月色,算几番照我,梅边吹笛?唤起玉人,不管清寒与攀摘。何逊[⑤]而今渐老,都忘却春风词笔。但怪得[⑥]竹外疏花,香冷入瑶席。

江国⑦，正寂寂，叹寄与路遥，夜雪初积。翠尊⑧易泣，红萼⑨无言耿相忆。长记曾携手处，千树压、西湖寒碧。又片片、吹尽也，几时见得？

## 注释

① 石湖：指范成大，范成大号石湖居士。
② 止既月：住满一个月。
③ 简：纸。
④ 隶习：指学习。
⑤ 何逊：南朝诗人，爱梅，曾在树下咏梅。
⑥ 但怪得：惊异。
⑦ 江国：江南水乡，词人所在之地。
⑧ 翠尊：用绿宝石制成的酒杯，这里指酒。
⑨ 红萼：红花，这里指红梅。

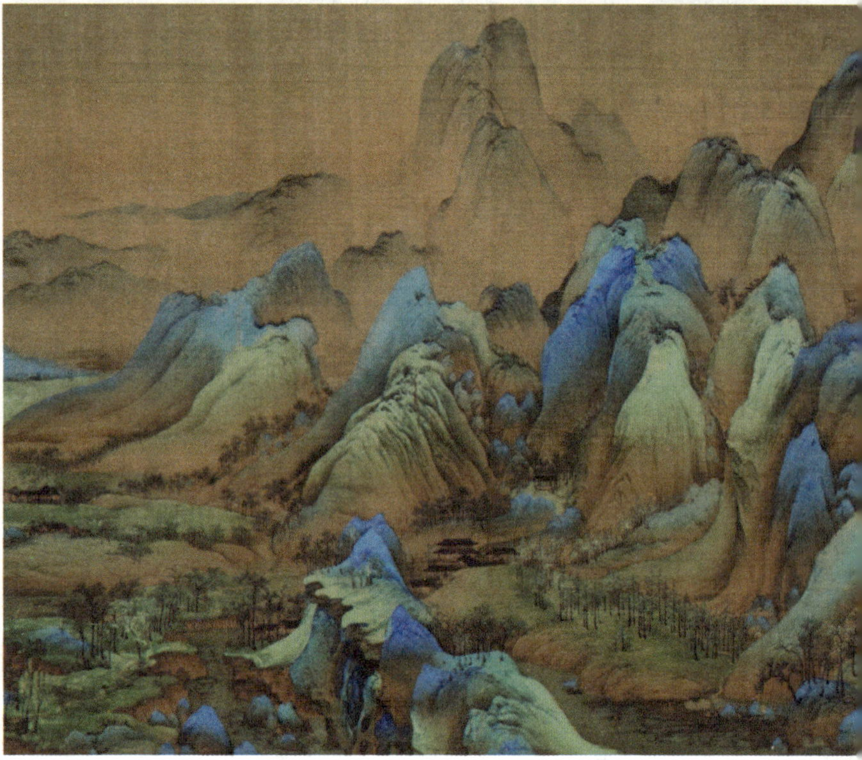

宋　王希孟　《千里江山图》(局部)

## 赏析

这首词是姜夔拜访范成大时所创作的咏梅之词。

词中词人情绪几经转折。首先,写旧时赏梅的美好。皎洁的月光下,吹笛奏曲,与佳人一起赏梅折梅。其次,写词人对稀疏梅花的嗔怪。如今如何逊老去,文采不再,竹林外梅花稀疏令人惊异,但梅花清香依旧,淡淡散入宴席,梅未变,变的是人心。再次,以梅托志寄相思。词人漂泊在寂静的江南水乡,想折梅寄相思,奈何路途遥遥,冰雪盖地,只好以酒解忧。最后,回忆往昔、畅想未来。词人想起往日佳人相伴赏梅折梅的场景,再看眼前碧波荡,寒风起、梅花落,感慨不知何时能再见梅开盛景。

词人通过自己与梅花的交流,写梅下的欢乐与忧愁,情感在不同时空不断穿梭变换,道不尽漂泊苦与相思愁。

# 史达祖

史达祖（约1160—约1220年），字邦卿，号梅溪，汴州（河南开封）人，南宋婉约派词人。史达祖一生未曾中第，曾任幕僚撰写文书，后受黥刑，一生坎坷。其存世词作百余首，风格绮丽，多借咏物表达坎坷不得志的身世，亦有感慨家国山河破碎之作。

## 绮罗香·咏春雨

史达祖

做冷欺花①,将烟困柳,千里偷催春暮。尽日冥迷②,愁里欲飞还住。惊粉重、蝶宿西园,喜泥润、燕归南浦。最妨他、佳约风流,钿车③不到杜陵④路。

沉沉江上望极,还被春潮晚急,难寻官渡⑤。隐约遥峰,和泪谢娘⑥眉妩。临断岸、新绿生时,是落红⑦、带愁流处。记当日、门掩梨花⑧,剪灯⑨深夜语。

### 注释

① 做冷欺花:指春雨使天气变得寒冷,百花难开放。
② 冥迷:迷蒙。

③ 钿车：钿是镶嵌了金银珠宝的首饰，这里指装饰华丽的马车。

④ 杜陵：地名，也称乐游原，可登高赏景，位于今陕西长安。

⑤ 官渡：公用的渡船。

⑥ 谢娘：人名，唐代著名歌妓。这里指佳人。

⑦ 落红：凋零飘落的花瓣。

⑧ 门掩梨花：指雨打梨花，闭门不出。

⑨ 剪灯：剪短蜡烛的灯芯，使烛光更亮。

## 赏析

这首词借景抒情，以春雨写春愁，词风清丽隽永。

上阕实写眼前雨景。春雨寒冷，百花不开，雨雾如烟，心中愁闷，想出门却出不去。道路泥泞，车马难行，约会只好作罢。

下阕虚写往昔。江雾弥漫，远山与江水宛如佳人凝泪的眉眼，落花顺流而去，想起当年雨打梨花，和佳人宅家彻夜谈心的时光。

这首词虚实结合，从眼前凄冷的雨景联想到往昔雨夜的甜蜜，在情感上形成鲜明的反差，从而营造出一种凄美、细腻、忧愁的氛围，情景契合交融，浑然天成。

本词最妙的是，通篇写春雨，但词中并没有出现一个"雨"字，而是从春雨"欺花"、雨雾"困柳"、蝴蝶"粉重"、燕"喜泥润"来侧面烘托春雨,通过雨中景物表现春雨的寒冷、迷离、湿润,可谓别出心裁。

## 双双燕·咏燕

史达祖

过春社①了,度帘幕中间,去年尘冷。差池②欲住,试入旧巢相③并。还相雕梁藻井。又软语商量不定。飘然快拂花梢,翠尾分开红影。

芳径④,芹泥⑤雨润。爱贴地争飞,竞夸轻俊。红楼⑥归晚,看足柳昏花暝。应自栖香正稳。便忘了天涯芳信⑦。愁损翠黛双蛾⑧,日日画阑独凭⑨。

## 注释

① 春社：古人在春天举办的祭祀活动。
② 差池：燕子飞行时的形态，这里代指燕子。
③ 相：看。
④ 芳径：花草丛中的小路。
⑤ 芹泥：长芹草的泥土。
⑥ 红楼：代指富贵人家。
⑦ 天涯芳信：古代有双燕传书之说，这里指远方的来信。
⑧ 翠黛双峨：用螺子黛描画双眉，这里代指少妇。
⑨ 画阑独凭：指少妇倚靠着有雕花彩绘的栏杆思念远方的人。

## 赏析

  这是一首咏物词，生动描写了燕子的鲜活形象，进而描写了燕巢下居住的闺妇的相思之情。
  词人从拟人的角度描写燕子，燕子在庭院的帘幕中穿梭，或掠过屋檐掸走屋梁灰尘，或闭合羽翼钻进旧巢一起栖息，一会儿看看雕梁藻井，一会儿呢喃细语，一会儿又掠过花梢花影。庭院小径弥漫着花草香，雨后，燕子贴地低飞，在柳枝和花影中游赏，直到夜晚才回巢，完全忘记捎回天涯游子的书信，愁坏了屋檐下的少妇，可怜她日日倚靠着栏杆思念远方的人。

　　词的前半部分写燕子，后半部分自然过渡到相思闺怨，燕子在春光中整日忙碌，少妇在闺中整日虚度光阴，二者在生活空间、状态、情感上构成鲜明对比。以燕子的双宿双飞反衬闺中少妇的孤寂，使整首词的内容、意境、情感都更加丰富。

# 刘克庄

刘克庄（1187—1269年），字潜夫，号后村居士，莆田（今福建莆田）人。南宋词人、诗论家。刘克庄生于官宦之家，恩荫入仕，因文名被赐进士出身，曾因诗获罪而赋闲在家，官场沉浮多年，后卒于任上。刘克庄诗、词、文均擅长，是江湖诗派诗人、豪放派词人中的代表人物。

# 生查子·元夕①戏陈敬叟②

刘克庄

繁灯夺霁华③。戏鼓侵明发④。物色⑤旧时同,情味中年别。

浅画镜中眉⑥,深拜楼西月。人散市声⑦收,渐入愁时节⑧。

### 注释

①元夕:元宵节。
②陈敬叟:刘克庄友人。
③霁华:指皎洁的月光。
④明发:黎明时分,阳光铺洒照耀大地。
⑤物色:指地方风物习俗。

⑥浅画镜中眉:《汉书·张敞传》中有张敞画眉的典故,张敞与妻子感情深厚,经常为妻子画眉。

⑦市声:指街市上的喧闹声。

⑧时节:时光、时候。

### 赏析

这是一首词人在元宵节醉酒后的即兴之作,描写了元宵节的欢闹场景及欢闹过后的落寞与忧愁。

上阕写节日盛景。元宵节灯火璀璨,甚至遮盖了月亮的光辉,戏鼓彻夜喧嚣至天明,与往年相比,今年的风俗风物并没有什么不同,盛景不改,但人已老,对离愁别绪有了更深的感受。

下阕写羁旅相思。词人引用张敞画眉的典故,暗喻友人的妻子正在家描眉、拜月、盼夫归,可是友人却羁旅在外,热闹过后,友人的妻子和友人定会陷入深深的落寞与思念中。这里表面是在调侃友人不能与妻子团圆,显得落寞孤寂,实际上也是在写词人内心的落寞孤寂,因为词人和友人一样,此时此刻也是羁旅在外的游子。

这首词对于景和情的描述给人两种截然不同的感受,热闹与冷清、欢笑与忧愁,形成巨大的情感落差,词人将这种越热闹、越孤寂的心理表现得淋漓尽致。

## 满江红·金甲雕戈

刘克庄

夜雨凉甚,忽动从戎之兴。

金甲雕戈,记当日、辕门初立①。磨盾鼻②,一挥千纸,龙蛇犹湿③。铁马晓嘶营壁冷,楼船夜渡风涛急。有谁怜、猿臂故将军④,无功级⑤?

平戎策,从军什⑥;零落尽,慵收拾。把《茶经》《香传》⑦,时时温习。生怕客谈榆塞⑧事,且教儿诵《花间集》⑨。叹臣之壮也不如人,今何及!

## 注释

① 辕门初立：辕门指军营的门，这里是指刘克庄自己的经历，回忆当年刚刚加入江淮制置使李珏的幕府的事。
② 磨盾鼻：用盾牌的把手当砚台。引自《北史·荀济传》："会于盾鼻上磨墨檄之。"
③ 龙蛇犹湿：形容书法笔走龙蛇，这里指字体墨迹未干。
④ 故将军：指汉朝飞将军李广。
⑤ 无功级：《史记》记载，李广军功赫赫，但没有封侯。
⑥ 平戎策、从军什：指过去写的抗金策论和军旅诗歌。
⑦《茶经》《香传》：唐陆羽著《茶经》，宋丁谓著《天香传》。
⑧ 榆塞：指边塞。
⑨《花间集》：五代十国后蜀赵崇祚编选的词集，多享乐题材。

## 赏析

这是刘克庄抒发不得志的词作，时值刘克庄遭到诬陷、闲居在家，听说边境战事正激烈，曾经一心报国却不得重用，遂作此词，表达了不能为国效力的悲愤。

上阕写从军生活。词人当年穿金甲、带雕戈,一腔热血去充当幕府,在战场上思如泉涌撰写军事文书,然而可怜自己像李广一样没有封赏不被认可。

下阕写壮志未酬。词人赋闲在家,多年前写的杀敌之策、从军诗歌都散失了,但无心去整理,如今只看《茶经》《天香传》等描写休闲雅事的书打发时间,生怕客人讨论边关战事,现在也只教小儿读《花间集》,进而感慨壮年时尚不如人,年老就更不得用了。

这首词采用了对比手法,词人报国无门的悲愤之情跃然纸上,令人回味无穷。

# 吴文英

吴文英(约 1200—约 1260 年),字君特,号梦窗、觉翁,四明(今浙江宁波)人,南宋词人。吴文英的一生生活困顿,未曾入仕,在四处游历的过程中,每到一处常有题咏,诗词作品均有。吴文英通音律,可自度曲,因此其词重视格律,情感饱满。

## 唐多令·惜别

吴文英

何处合成愁?离人心上秋①。纵芭蕉、不雨也飕飕。都道晚凉天气好,有明月、怕登楼。

年事②梦中休。花空烟水流。燕辞归、客尚淹留③。垂柳不萦裙带住④。漫长是、系行舟。

**注释**

① 心上秋:"心"上有"秋",合成"愁"。
② 年事:以往年月所发生的事,指往事。
③ 淹留:滞留。
④ 不萦裙带住:指系不住裙带,具体是指留不住心上人。萦,意为"系",裙带代指女子。

## 赏析

吴文英羁旅在外，逢寒秋，思乡之情涌上心头，作此词抒怀。

词的开篇以问答的形式，引出一个字谜点出词的主题："愁"。词人作为离人，感觉到秋天寒意袭人，感慨即使是肥大的芭蕉不经风雨侵蚀也会感到冷风飕飕，更何况是人。秋高气爽，明月当空，但词人却不愿登高望月，因为不能与家人团圆，望月将会更伤心。往事如梦像落花随流水飘逝，燕子南飞、伊人离去，可是词人却还滞留在异地不能回乡，只能埋怨柳丝。

词人心中思乡愁绪萦绕，所以推己及"物"，用芭蕉难抵秋寒写自己难挨思乡之愁，接着写不敢赏月，羡慕燕子南飞，埋怨垂柳牵绊归舟。寓情于景，将浓浓的愁绪映射到目之所及的景物上，营造出浓郁的悲伤氛围，渲染出羁旅游子思乡的无限孤寂，耐人寻味。

# 风入松·听风听雨过清明

吴文英

听风听雨过清明，愁草①瘗花铭②。楼前绿暗③分携路，一丝柳、一寸柔情。料峭④春寒中酒⑤，交加晓梦啼莺。

西园日日扫林亭，依旧赏新晴。黄蜂频扑秋千索，有当时、纤手香凝。惆怅双鸳⑥不到，幽阶一夜苔生。

注释

① 草：起草，指草拟书写。
② 瘗花铭：瘗意为"埋葬"，瘗花铭是一种悼念花的文体。如《红楼梦》中的《葬花吟》就是此类文体。

③绿暗：指绿柳成荫。
④料峭：指风寒冷。
⑤中酒：醉酒。
⑥双鸳：绣花鞋，代指女子。

## 赏析

　　此为伤春怀人之作，吴文英在风雨交加的清明节这天想起旧日情人，遂作此词。

　　在清明节这天，词人悲春、悲花、悲离人。清明雨中，词人埋葬落花，怀着一腔愁绪草拟葬花铭，梦回当年分手的小径，径旁柳树早已长大成荫，每一枝柳条都寄托着情思。词人在寒风中喝醉了酒，睡到清晨被黄鹂的鸣叫声惊醒。如今词人每日都去西园打扫、赏春，看着蜜蜂正扑向情人曾坐过的秋千，秋千绳上似乎还余留着情人手上的芳香，只是情人再也没有来过这里踏阶游赏，携手同游的记忆深刻，仿佛就是昨日之事。

　　词人留恋西园美景，其实是对昔日甜蜜生活的留恋，西园景物依旧，但物是人非，"一丝柳、一寸柔情""当时纤手香凝""惆怅双鸳不到"，都是直抒胸臆，语言直白朴实，回忆历历在目，但故人已经再也不复相见了，可谓言浅意深。

# 陈允平

陈允平（约1220—1295年），字君衡、衡仲，号西麓，四明鄞县（今浙江宁波市鄞州区）人，宋末元初词人。陈允平年少好学，博学多才，在宋朝廷为官，元时曾因力图恢复宋朝而被捕入狱，仕途起伏不定，多坎坷。在文学创作方面，能作诗，擅写词，与词人周密、张炎多有来往，其词格律严谨，词风清丽，情感细腻缠绵。

## 唐多令·秋暮有感

陈允平

休去采芙蓉①。秋江烟水空。带斜阳、一片征鸿②。欲顿③闲愁无顿处,都著在④两眉峰。

心事寄题红⑤。画桥流水东。断肠人、无奈秋浓。回首层楼归去懒,早新月、挂梧桐。

**注释**

① 芙蓉:指荷花。
② 征鸿:指大雁。
③ 顿:安顿。
④ 著在:放在。
⑤ 题红:在红叶上题诗。相传,唐代宫女在深宫久不见君王面,也不得出宫,便在红叶上题诗放在水渠中,任红叶漂流出宫外。

## 赏析

这是一首悲秋之作。陈允平在词中借助闺妇之愁表达了自己的亡国和思乡之愁。

词的上阕写闲愁。秋日,荷叶凋零,斜阳下大雁南飞,这些哀景使得词人生出秋日闲愁。闲愁无处安放,都表现在脸上,堆积在两个紧蹙的眉峰里。由秋的衰败、雁的迁徙,暗喻国的衰败和词人的流离失所。

词的下阕写心事。闺中少妇的心事无处诉说,只能以红叶、流水寄托情感,深秋愁浓,登高望远,盼离人归,回望高楼不舍得回家,等回到家时,明月早已挂上梧桐枝头。词人以闺妇思念离人来暗喻自己对故乡的思念。"断肠人、无奈秋浓"写出了词人在自然和时局变化中的无奈与忧伤。

以秋景之悲写家国之悲,以闺中少妇之愁暗喻思念故土之愁,表意虽然含蓄,但也正表现出心中忧郁却不能直言的愁苦,情感深厚感人。

宋　佚名　《玉楼春思图》

# 刘辰翁

刘辰翁（1232—1297年），字会孟，号须溪，庐陵（今江西吉安）人，南宋末年词人、文学批评家。刘辰翁出身寒门，勤奋好学，为人耿直，因触怒权相致仕途不顺，曾短期参与文天祥的幕府，南宋灭亡后隐居著书，不仕。刘辰翁文采斐然，著书勤而多，词作多有爱国篇章，以词存史、批判现实，抒发英雄无用及亡国的悲哀，词风承袭辛弃疾一派，豪放遒劲、酣畅旷达。

# 柳梢青·春感

刘辰翁

铁马①蒙毡,银花②洒泪,春入愁城③。笛里番腔,街头戏鼓,不是歌声④。

那堪独坐青灯。想故国、高台月明。辇下风光,山中岁月,海上心情⑤。

**注释**

① 铁马:战马。
② 银花:指元宵节的烟花、花灯。
③ 愁城:指临安城。
④ 笛里番腔,街头戏鼓,不是歌声:这里指元军攻陷临安,外族的笛曲、鼓乐,都不是乡音。

⑤ 辇下风光，山中岁月，海上心情：这里指临安城中元宵节风光难忘，但此刻词人隐居山中，宋君臣逃往海上。

## 赏析

这首词写于南宋即将灭亡之时，刘辰翁短暂参加了文天祥组织的抗元斗争，后隐居山中，逢元宵佳节，作词抒怀。

词人触景生情，当下的元宵节节日场景和往昔有很大的区别，临安城中到处都是蒙古战马和骑兵，春日的临安城一片悲伤，远处的笛曲、鼓乐都是番音，算不上歌声。山河破碎，词人悲伤独坐直到夜晚，元宵节的明月高照，可词人心中想的却是临安城往日的节日场景，如今避难山中，君臣逃往海上，实在令人悲伤。

词人在自己的国家过传统佳节，但眼中所见是"铁马蒙毡"，耳中所听是"番腔"，繁华不再，词人满怀愁绪，思念故国，只剩下无助、寂寞与悲凉。

整首词将亡国之痛贯穿始终，眼前之景与想象之景交织，情景交融，虚实结合，对故乡和故国的哀思从词中延伸到词外，亡国之悲扣人心弦。

## 忆秦娥·烧灯节

刘辰翁

中斋①上元②客散感旧,赋《忆秦娥》见属③,一读凄然。随韵寄情,不觉悲甚。

烧灯节④,朝京⑤道上风和雪。风和雪,江山如旧,朝京人绝。

百年短短兴亡别,与君犹对当时月。当时月,照人烛泪,照人梅发⑥。

注释

① 中斋:刘辰翁的朋友,名邓剡,号中斋。

② 上元：上元节，即元宵节。
③ 见属：赠送。
④ 烧灯节：元宵节。
⑤ 朝京：朝向京城、通往京城。
⑥ 梅发：像梅花一样洁白的头发，指白发。

## 赏析

  元宵节这天，刘辰翁与好友相聚，聚会散后，好友中斋作《忆秦娥》赠给刘辰翁，刘辰翁读后心中伤感，作此词相和。

  上阕回忆往昔。往年的元宵节繁华无比，公子王孙携带佳人去往京城临安游街、宴饮、赏花灯。但如今盛景不再，路上行人断绝，只有漫天风雪。这里暗喻时局变化，元军攻陷临安。

  下阕感慨当下。刚才的聚会十分热闹，转眼就曲终人散，正如朝廷百年繁华，一朝衰亡。明月如初，但人已不是当年的青春模样，已经变得满头白发。

  整首词短小精悍，言简义丰，词人以不变的节令写变化的节日场景，构成物是人非的鲜明对比，进而揭示国家灭亡、岁月催人老的主题，意境苍凉，字里行间流露出哀痛。

# 周密

周密（1232—1298年），字公谨，号草窗、霄斋、弁阳老人、四水潜夫等，吴兴（今浙江湖州）人，宋末元初词人、文学家、书画收藏和评论家。周密出身名门，年少时曾随父四方游历，壮年时以诗文广结好友。在官场多次沉浮，曾以门荫入仕，后因得罪权相而辞官，后再入仕直到南宋灭亡。元时隐居不仕，赋闲著书。周密诗、词、书、画皆擅长，词风清丽秀雅，情深意浓。因文采出众，与吴文英并称"二窗"，与王沂孙、蒋捷、张炎并称"宋末词坛四大家"。

## 闻鹊喜·吴山观涛①

周密

天水碧,染就一江秋色。鳌戴雪山龙起蛰②,快风吹海立。

数点烟鬟③青滴,一杯霞绡红湿④。白鸟⑤明边⑥帆影直,隔江闻夜笛。

**注释**

① 观涛:指观钱塘江大潮。
② 蛰:蛰伏、潜伏。
③ 烟鬟:女子的鬓发,这里形容远处的山峦。
④ 一杼霞绡红湿:指钱塘江上的晚霞红如彩绡,景色壮美。杼,即梭,是理织布机上经纬线的工具。

⑤ 白鸟：白色羽毛的鸟。

⑥ 明边：指红霞、白鸟、帆影的边界分明。

## 赏析

　　这是一首描写钱塘江大潮壮丽景色的词。

　　上阕写潮起景象。天水相接，碧色一望无边，秋景倒映在江水中铺满整个江面。江潮携着巨浪奔涌而来，像神龟驮着雪山，又像蛰伏在水中的巨龙腾空而起，风急浪高，排山倒海而来。

　　下阕写潮落景象。潮水退去，远处的青山像美人的发髻在江雾中时隐时现、青翠欲滴。空中的红色晚霞像仙女织就的彩绡，带着潮水的湿气。彩霞之下，白鸟栖息在帆船上，红白分明，夜幕降临，远处传来悠扬的笛声。

　　词人对钱塘江大潮的观察和描述逻辑清晰，先写江潮的汹涌动势，再写潮退之后的江上静景，一动一静，均震人心魄。词中还选用碧水、白浪、青山、红霞、白鸟等不同颜色的景物渲染出钱塘江江潮的绚丽多彩。词的末句又通过听觉将观潮的视觉范围拉远，构思巧妙、意境辽阔。

# 文天祥

文天祥（1236—1283年），字宋瑞、履善，号浮休道人、文山。庐陵（今江西吉安）人，南宋末年政治家、文学家、词人。文天祥出身名门，从名师，加上自身聪慧好学，二十一岁以状元及第入仕，为官清正，因屡遭排挤而自请致仕。后元军攻打南宋，文天祥积极募兵抗元，终因寡不敌众而被俘，在狱中誓死不屈、从容就义。文天祥的诗词多爱国、忠义、悲壮之作，气势豪放慷慨、雄浑大气、不拘一格。

# 酹江月·和友①驿中言别

文天祥

乾坤能②大,算蛟龙元不是池中物。风雨牢愁无著处,那更寒蛩③四壁。横槊题诗④,登楼作赋⑤,万事空中雪。江流如此,方来还有英杰。

堪笑一叶漂零,重来淮水⑥,正凉风新发。镜里朱颜都变尽,只有丹心⑦难灭。去去龙沙⑧,江山回首,一线青如发。故人应念,杜鹃⑨枝上残月。

### 注释

① 友:文天祥的同乡好友,即邓剡。
② 能:同"恁",那么、那样。

③ 寒蛩：深秋的蟋蟀。

④ 横槊题诗：曹操北平北方后，南下欲收东吴，与将领临江畅饮，取槊立在船头，以酒祭江，豪情万丈，作《短歌行》。

⑤ 登楼作赋：汉末，王粲南下荆州依附刘表却不得重用，登城楼感怀作《登楼赋》，抒发失意、思乡、忧国之情。

⑥ 淮水：指金陵（今江苏南京），位于秦淮河畔。

⑦ 丹心：爱国之心。

⑧ 龙沙：北方的沙漠。语出《后汉书》："咫尺龙沙。"

⑨ 杜鹃：引用杜鹃啼血的典故。古蜀国的国君望帝身死后，化为杜鹃，日日悲啼，直到鲜血染红嘴巴。

## 赏析

　　文天祥举兵抗元，兵败被俘，与好友邓剡一起被押往北方，到金陵时，邓剡病重，作《酹江月·驿中言别》赠别文天祥，文天祥作此词相和。

　　词人以蛟龙自比，虽身陷囹圄，但心中仍有曹操横槊题诗、王粲登楼作赋一样的雄心壮志，壮志虽然落空，但坚信江流不息，未来定会有英雄豪杰收复山河。如今又到金陵，年岁已高，此去西北沙漠，定不改爱国之心，回望江山不忍离去，希望好友能时常想念自己，但愿自己以身殉国后能化身杜鹃回归故乡。

这首词慷慨激昂、苍凉悲壮，文天祥即使身在囚笼也坚信故土会收复，即使以身殉国也要魂归故里，视死如归、至死不渝的忠义之气和爱国之心表现得淋漓尽致。

## 满江红·代王夫人作①

文天祥

试问琵琶，胡沙外怎生风色。最苦是、姚黄②一朵，移根仙阙。王母欢阑琼宴罢，仙人③泪满金盘侧。听行宫、半夜雨淋铃，声声歇。

彩云散，香尘灭。铜驼恨④，那堪说！想男儿慷慨，嚼穿龈血⑤。回首昭阳⑥离落日，伤心铜雀⑦迎秋月。算妾身、不愿似天家，金瓯缺⑧。

## 注释

① 代王夫人作：王夫人为宋末宫中昭仪，宋亡后被掳往大都，途中作《满江红》传诵颇广，这里指模仿王夫人的词再创作。
② 姚黄：牡丹的一种，这里代指王夫人。
③ 仙人：相传汉宫前手捧盛露盘的铜人被迁往洛阳时落泪。
④ 铜驼恨：指亡国之恨。
⑤ 嚼穿龈血：相传唐张巡怒斥敌军，将牙龈咬破。
⑥ 昭阳：王夫人居住的宋宫。
⑦ 铜雀：即铜雀台，这里指元宫。
⑧ 金瓯缺：古人以金盆盂喻疆土完固，这里指山河破碎。

## 赏析

文天祥模仿被掳走的宫中昭仪王夫人的口吻，创作了这首词，刻画了一个身陷囹圄、飘零无依、不堪国破的女子形象。

词的开篇意境广阔苍凉，琵琶哀怨、风沙四起，以牡丹移出宫苑比喻宫中女子被掳出汉宫，欢宴终场，仙人落泪，雨打风铃，一声接一声，不曾停歇。用比喻、对比和白描的艺术手法写出了颠沛流离、愁恨难消的凄惨境遇。

词的下阕写报国之心。往日盛景都已烟消云散，当下只有亡国之恨，羡慕报国杀敌的男儿能慷慨奔赴战场，而身为女子只能被困在这孔雀台回忆往日，细算来，妾身一定不会像帝王家一样，让山河破碎。

这首词中，文天祥以王夫人的口吻自勉，也劝勉如王夫人遭遇一样的宫中女子，更是在劝勉自己，要坚守节操，绝不屈服，将亡国的悲痛化为报国的坚定，气势雄伟、沉雄悲壮。

# 王沂孙

王沂孙（生卒年不详），字圣与、咏道，号碧山、中仙、玉笥山人，会稽（今浙江绍兴）人，南宋词人。王沂孙词的成就极高，尤其擅长咏物抒怀，词风含蓄委婉、格律清新、章法缜密，或感怀国破家亡之痛，或抒发羁旅思乡之愁。与周密、张炎、蒋捷并称"宋末词坛四大家"。

# 水龙吟·落叶

王沂孙

晓霜初著①青林,望中②故国凄凉早。萧萧③渐积,纷纷犹坠,门荒径悄。渭水风生,洞庭波起④,几番秋杪⑤。想重涯半没,千峰尽出,山中路,无人到。

前度题红杳杳⑥,溯宫沟、暗流空绕。啼螀⑦未歇,飞鸿欲过,此时怀抱。乱影翻窗,碎声敲砌,愁人多少。望吾庐甚处,只应今夜,满庭谁扫。

### 注释

① 著:附着。
② 望中:目之所及的视野范围中。

③ 萧萧：风吹草木，树枝摇晃、树叶落下的声音。

④ 渭水风生，洞庭波起：化用贾岛、周邦彦及屈原之句，形容秋风吹落树叶、树叶翻飞的场景。

⑤ 杪：树梢，这里指秋末。

⑥ 杳杳：昏暗、幽远的样子。

⑦ 蜇：蝉的一种。

## 赏析

这首词以秋风扫落叶形容南宋统治的风雨飘摇，借景抒情，抒发了对故国的思念。

上阕写景。秋霜覆盖树梢，满眼凄凉，地上落叶堆积，树上落叶飘落，秋风起，落叶翻飞如波涛，群山万木凋零，山路无人。

下阕抒情。红叶题诗的事早已随风而逝，秋蝉不停鸣叫，仿佛在挽留夏天，树叶杂乱地堆积在窗前、台阶上。词人猜想故乡的庭院一定也堆满了落叶，以"谁扫"的提问结尾，却不作回答，暗示了"无人扫"的事实，令人唏嘘。

词人以落叶随风飘落，暗喻国家命运式微和个人身世的飘零，从眼前景写到故乡景，虚实结合，情景交融，充分表达了对故乡无限的思念，以及思念故乡却不能回到故乡的抑郁。

# 蒋 捷

蒋捷（约1245—1310年），字胜欲，号竹山，常州府阳羡（今江苏省宜兴市）人，宋末元初词人。蒋捷出身名门望族，生逢乱世，进士入仕，元时不仕。蒋捷的词作多抒发对山河破碎的悲恸，词风清俊，情感多寂寥、凄凉，字句构思精巧，多有惊人之语，因有名句"红了樱桃，绿了芭蕉"被时人称为"樱桃进士"，与周密、王沂孙、张炎并称"宋末词坛四大家"。

# 虞美人·听雨

蒋捷

少年听雨歌楼上，红烛昏罗帐①。壮年听雨客舟中。江阔云低，断雁②叫西风。

而今听雨僧庐③下，鬓已星星④也。悲欢离合总无情⑤，一任阶前，点滴到天明。

## 注释

① 罗帐：床上的纱帐。
② 断雁：失群的孤雁。
③ 僧庐：僧人住的寺舍。

④星星：指有很多白发。引自魏晋时期诗人左思的《白发赋》："星星白发，生于鬓垂。"

⑤无情：没有感情，这里指麻木、无动于衷。

## 赏析

蒋捷一生饱经战乱之苦，颠沛流离，这首词作于雨天，是其听雨伤怀之作。

上阕回忆往昔。词人年少时，常登高听雨，有红烛、罗帐，十分惬意。壮年时，开始流落他乡，在客船上听雨，江面茫茫、乌云低垂，呼啸的寒风中有孤雁在悲鸣，满心哀愁。

下阕写眼前境遇。如今又逢雨天听雨，人已暮年，头发花白，经历了太多悲欢离合，心情不再因天气变化而变化，只任凭雨水敲打着台阶，从夜晚听到天明。

此词借雨回忆往昔、感慨当下，在人生不同的年龄阶段听雨，有不同的人生感受，少年不知忧愁，壮年、老年历经坎坷，余生漂泊没有着落。同样的雨，不同的人生感悟，整首词富有哲理，令人回味无穷。

# 一剪梅·舟过吴江①

蒋捷

一片春愁待酒浇②。江上舟摇，楼上帘招③。秋娘渡④与泰娘桥⑤，风又飘飘，雨又萧萧。

何日归家洗客袍？银字笙调，心字香⑥烧。流光容易把人抛，红了樱桃，绿了芭蕉。

注释

① 吴江：地名，位于今江苏省内。
② 浇：消除。
③ 帘招：酒旗。
④ 秋娘渡：秋娘，唐代著名歌伎，这里指吴江渡。
⑤ 泰娘桥：泰娘，唐代著名歌伎，这里是以人名命名的地名。
⑥ 心字香：心字形状的香。

## 赏析

这首词为词人乘船经过吴江县时所作,描写羁旅生活。

上阕写景。词人乘着江舟,满怀春愁,看到江畔酒楼挂着的酒旗随风飘舞,想借酒纾解愁绪。江舟一路漂泊,经过了秋娘渡,又经过了泰娘桥,一路风雨。

下阕抒情。词人自问何时能结束客居他乡的生活,回到家换洗衣服,与亲友一起吹笙、焚香。归期无望,岁月如流水让人追赶不上,转眼年华已老,一年又一年。

此词言浅意深,通过"舟摇""帘招""秋娘渡""泰娘桥"展现出正在移动的江舟和江景,构成空间的流动。又通过流光"把人抛""红了樱桃""绿了芭蕉",写出人和植物的变化,构成时间的流动。不同时空场景的闪现,让空间和时间变得具象化,想象丰富、构思奇绝,令人称赞。

宋　夏圭　《松溪泛月图》

## 声声慢·秋声

蒋捷

黄花深巷，红叶低窗，凄凉一片秋声。豆雨①声来，中间夹带风声。疏疏二十五点②，丽谯门③、不锁更声。故人远，问谁摇玉佩，檐底铃声？

彩角④声吹月堕，渐连营马动，四起笳声⑤。闪烁邻灯，灯前尚有砧声⑥。知他诉愁到晓，碎哝哝⑦、多少蛩声⑧！诉未了，把一半、分与雁声。

注释

① 豆雨：豆子开花时下的雨。
② 二十五点：更点。古代用铜壶滴漏计时，一夜有五更，一更分五点。
③ 丽谯门：曹操曾筑楼名丽谯，这里泛指高楼。

④ 彩角：即画角。古代乐器，表面有彩绘，军中常见，主要用来警报昏晓、振奋士气。

⑤ 笳声：胡笳的声音。胡笳是古代一种形似笛子的民族乐器。

⑥ 砧声：捶打砧板的声音，这里指捣衣声。

⑦ 碎哝哝：碎碎念的唠叨声。

⑧ 蛩声：蟋蟀的叫声。

## 赏析

这首词以秋天的声音为主题，勾勒出一个丰富多彩的声音世界。

词的开篇交代了听秋声的地点和时间：黄花开放的小巷中、红枫遮掩着的窗前，豆子花开时。随后声声入耳：雨声、风声、更声、风铃声、幻听出的玉佩声、画角声、人马骚动声、胡笳声、捣衣声、女人的唠叨声、蟋蟀和大雁的叫声，这些声音中既有自然界的声音，也有人的声音，不同声音交织在一起，构成秋天的交响乐。

全词以"声"字入韵，一韵到底，朗朗上口。更妙处在于，声音本无情，但词人以"故人远""诉愁到晓"，点明了对故人的思念、妇人对征人的思念，故而为秋声赋予了哀愁和悲伤的情感，笔触独特、富有新意。

# 张炎

张炎（1248—约1320年），字叔夏，号玉田、乐笑翁，临安（今浙江杭州）人，宋末元初词人。张炎出生于世家大族，早年生活优渥，临安沦陷后开始寄情山水，晚年无依无靠，四处漂泊。其词婉约苍凉，写尽家国破败、个人漂泊的悲哀，与周密、王沂孙、蒋捷并称"宋末词坛四大家"。

## 清平乐·采芳人杳

张炎

采芳人①杳②,顿觉游情少。客里看春多草草③,总被诗愁分了。

去年燕子④天涯,今年燕子谁家?三月休听夜雨,如今不是催花⑤。

### 注释

① 采芳人:采花的人,泛指游春的人。
② 杳:无影无声,没有踪迹。
③ 草草:草率。
④ 燕子:指诗人自己。
⑤ 催花:促使花开。

## 赏析

张炎生长于临安,临安沦陷后,张炎游历他乡,多年后再回故乡,临安已不是当年模样,触景感怀,作下此词。

上阕写游春的情景。如今踏春的人都没了踪迹,词人也无心踏春,只能草草浏览一番,看到今非昔比的景象,词人只能作词抒发愁绪。

下阕借物抒怀。词人以燕子起兴,比喻自己:去年漂泊在外、沦落天涯,如今回乡,却不知归向何处。不忍听三月的夜雨,因为它并非滋养花开的雨,而是打落花瓣的雨。

对于词人来说,临安本是故乡,却更像是异乡,因为此时的临安已经沦陷,词人无家可归,只能以客居他乡的游子的身份观赏临安春色。"草草"看春和"休听夜雨",暗示词人只是路过临安,很可能不会在临安落脚过夜,因为国破家亡,词人已无家可归。

此词表面咏春,实则由春及人,由人及家国,表达了词人强烈的羁旅感和家国不在的惆怅。

## 解连环·孤雁

张炎

楚江①空晚。怅离群万里,恍然惊散。自顾影、欲下寒塘,正沙净草枯,水平天远。写不成书②,只寄得、相思一点。料因循误③了,残毡拥雪④,故人心眼。

谁怜旅愁荏苒。谩长门⑤夜悄,锦筝弹怨。想伴侣、犹宿芦花,也曾念春前,去程应转。暮雨相呼,怕蓦地、玉关⑥重见。未羞他、双燕归来,画帘半卷。

**注释**

① 楚江:南方的江。楚指楚国,泛指南方。
② 写不成书:大雁排成"一"字或"人"字飞行,孤雁无法成字。这

里也有鸿雁传书的意思。

③ 因循误：延误。

④ 残毡拥雪：苏武毡毛合雪而食求生，这里指有气节的宋人。

⑤ 长门：汉武帝时，陈皇后失宠，入长门冷宫。这里以陈皇后的长门之怨写孤雁离群之怨。

⑥ 玉关：玉门关，泛指北方。

## 赏析

这是一首咏物词，为张炎在南方漂泊期间所作。词人借离群孤雁的遭遇来写亡国后的伤感。

这首词着重刻画了孤雁的心理活动。依次写了孤雁的离群之惊、自顾之怜、念故人之情、羁旅荏苒之愁、伴侣相思之怨、蓦地重见之喜，以及未羞双燕的孤傲。词人借助孤雁的复杂心情，揭示了自己对宋朝和失地遗民的思念、亡国的惆怅、羁旅的孤寂，以及不愿像"双燕"（归附者）依附新朝的心迹。

整体来看，该词词风伤感凄婉、表意委婉含蓄，咏物与抒怀和谐统一。

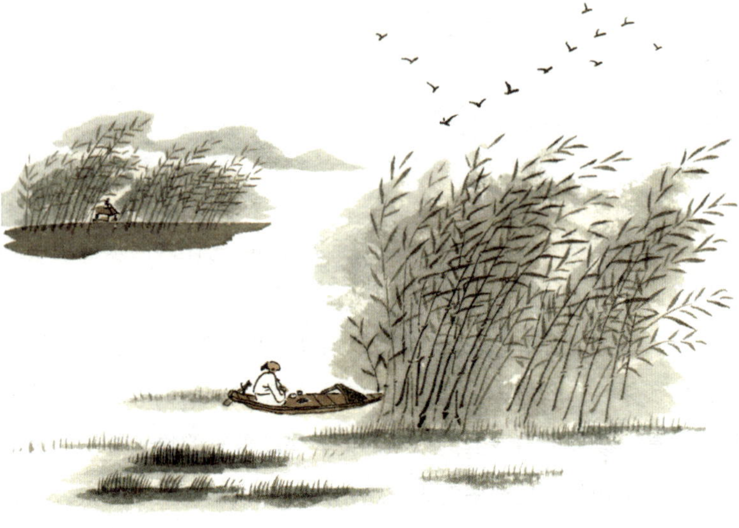

# 参考文献

[1] 顾易生,徐培均,袁震宇. 淮南皓月冷千山:南宋后期词[M]. 合肥:黄山书社,2016.

[2] 华籽. 陆游:一树梅花一放翁[M]. 天津:天津人民出版社,2022.

[3] 兰丽敏. 烟雨无痕,岁月无恙:李清照传[M]. 北京:北京理工大学出版社,2019.

[4] 林希美. 李清照传:人世阴晴难定,我亦风华绝代[M]. 北京:台海出版社,2018.

[5] 陆游. 陆游词集[M]. 上海:上海古籍出版社,2011.

[6] 唐圭璋等. 唐宋词鉴赏辞典(南宋·辽·金)[M]. 上海:上海辞书出版社,1988.

[7] 陶文鹏,吴坤定. 宋词三百首[M]. 北京:北京十月文艺出版社,2016.

[8] 辛弃疾. 辛弃疾词集[M]. 上海:上海古籍出版社,2010.

[9] 颜邦逸,赵雪沛. 文学作品赏析:中国古典诗歌[M]. 哈尔滨:哈尔滨工程大学出版社,2004.

[10] 周汝昌. 千秋一寸心:周汝昌讲唐诗宋词[M]. 北京:中华书局,2006.

[11] 朱孝臧,思履. 全彩图解宋词三百首[M]. 长春:吉林文史出版社,2019.